獨家報導之卵

スクープのたまご

大崎梢

Kozue OHSAKI

邱香凝 譯

獨家報導之卵
スクープのたまご

目次

第1回　採訪的基礎

看看手錶，已經超過下午六點半了。

太陽沉到山邊，天空只剩一抹藍。不知是不是烏雲的關係，連星星都看不見。腳下是未經整修的砂石路，左右兩邊是漆黑一片的雜樹林。不管走多久都不見任何人影。別說汽車了，連街燈也沒有，只不時聽見鳥鳴聲與振翅聲。因擔心遇到熊或山豬，拿著手電筒的手不住地顫抖。

現在，站在好不容易抵達的民宅燈光前，各種思緒湧上日向子心頭。太好了，得救了。這下不用害怕死在路邊，也不用擔心給地方警察添麻煩了。

儘管用九死一生來形容也不誇張，但現在仍不是能高呼萬歲的狀況。看著這棟足足有都市獨棟住宅五倍大的古老莊嚴木造民宅，她的五臟六腑再次緊縮起來。

這不是日向子初次造訪這棟房子。今天中午過後不久曾經來過一次。當時，她在明亮的陽光下和住戶短暫交談，鞠躬道謝後才離開。照理說這只是這輩子都不可能再見的萍水相逢，現在要拿什麼臉請求人家幫忙。

「太陽已經下山，走投無路了。」

可悲的是，日向子目前處境的確是這樣。要是可以，真想去找把自己送來這裡的那個人，向對方控訴眼前的窘境，要他想想辦法，最好還能得到一點鼓勵。問題是，手機沒電了……

再次拖著沉重腳步，日向子走向掛著「柳下」門牌的人家。盯著日式拉門旁的對講機門鈴，調整呼吸，豎起一根食指。

按吧。可以按的。今天的我還能再加把勁，沒問題。

按下軟軟的橡膠門鈴後，屋內傳來「哪位？」的聲音。

「不好意思，這麼晚打擾，我是今天曾經來拜訪過的千石社記者信田。」

「咦？」

這簡短的一聲回應，令日向子的心臟為之緊縮。

「很抱歉提出這麼厚顏無恥的請求，不知能否讓我在這裡幫手機充電？要不然我就回不去了。」

沒有回應。過了一會兒，玄關的燈亮起，拉門被拉開，這戶人家那位看起來六十歲左右的太太探出頭來。一看到日向子便喊了聲「哎呀」，似乎很驚訝。

「妳怎麼了？都這時間了，還沒回去呀？」

「是……」

「難道妳真的去了渡邊家？那邊都沒人了對吧？很危險的啊，一個女孩子自己跑去那種偏僻的地方。」

「是……」

太太完全說對了，日向子無地自容到眼窩都痛起來。明知這種時候更要振作精神，簡明扼要地回應，但她從未成功過。感覺更加無地自容。

「總之妳先進來，外面很冷吧，天黑之後氣溫更會一口氣下降。」

日向子在太太的邀請下進入屋內；大概是今天晚餐的菜餚吧，空氣中飄著一股柴魚乾混合著醬油與砂糖的香味。她想到自己吃下最後一片巧克力已經是好幾個小時以前的事，當作午餐的CalorieMate口糧也已經吃光了。

「眞的很不好意思。」

「不需要道歉啊，家裡很亂，別客氣，請自便。」

輕拍低頭吸鼻涕的日向子手臂，太太笑著催促。白天和她交談時只站在玄關口，這才第一次進到屋裡。穿過昏暗的走廊，眼前有扇紙門，打開一看，後方是鋪著榻榻米的客廳。把腳放在暖桌底下，正在看電視的先生回過頭，瞪大了雙眼。太太立刻告訴他：

「剛才不是和你說過嗎？這位就是白天來過的記者小姐。就是那個《週刊千石》的。她說想打聽阿渡先生的事，我告訴她說人已經不在了，她好像還是去了渡邊家。眞是辛苦她了，這麼年輕的女孩子一個人從東京來到這裡，還跑進山裡。」

大概正在小口啜飲燒酎的先生挺直彎曲的背，把日向子從頭到腳好好地打量了一番。日向子個子嬌小，大概瞬間就能來回打量三遍吧。接著，先生皺起眉頭問：「記者？」

看到自己這副德性的記者，這位先生肯定很驚訝。就算被人家全盤否定或是脫口說出「怎麼可能」也不奇怪。日向子很能理解那種心情。

因爲，自己也差不多有同樣的想法。

□

一切的開端，是考大學時奇蹟考上第一志願。

包括高中老師、補習班老師、父母親友和日向子本人，都沒想到自己會考上。模擬考成績永遠都在D級，從來沒有進步過；而自己明知一定會落榜還要去考的決定，也被母親譏諷說只是浪費報名費。對日向子來說，去考試除了賭一口氣之外，只是爲了做個紀念。沒想到，結果卻令眾人跌破眼鏡，而最驚訝的就是她自己。

因爲家住千葉縣偏鄉，這出乎意料的考取，伴隨而來的是出乎意料的花費。日向子住進東京都內的學生宿舍，父母只出了宿舍費、最低限度的餐費和學費，剩下的支出，只能靠自己打工去賺。她得不分晝夜地在居酒屋的廚房裡打工，一點一滴存錢，才能像一般女生那樣和朋友一起去吃甜點，也才能使用智慧型手機。從小就嚮往進入媒體產業工作，因此也加入了高田馬場校區那個有名的社團。不用說，社團費是自己出的。雖說錢勉強夠用，但也因爲忙於打工，最重要的社團活動幾乎都無法參加。

即使如此，日向子依然持續懷抱進入出版社工作的夢想，開始找工作之後，從大出版社到小出版社，全都投了履歷。在一次又一次的失望後重新提起勇氣挑戰，正當她快要放棄時，忽然接獲內定通知。

錄取她的是稱霸文學界的老牌出版社千石社。和考大學時一樣，又是出乎意料的結果。

比起喜悅，當時更害怕照鏡子。因爲擔心已經把一輩子的幸運和強運用光，很怕一照鏡子就會看見自己面露死相。父母朋友也錯愕不已，只是抽搐著臉頰，連恭喜都忘了說。說不定他們眞的看到日向子面露死相了。

那年獲得千石社內定的學生，男女加起來一共七個人。而在正式進公司前一年【註】的秋天，他們第一次見了面，和公司負責新進員工的窗口聚餐。那時日向子被一群擁有輝煌學歷的優秀人才包圍，自己吊車尾考上的大學，遠遠不及這些人的學校。愈交流愈沒自信，只留下始終不知所措的記憶。其實自己從高中畢業至今，一直都處在不知所措的狀態中。身材矮小、四眼田雞，加上一頭自然鬈毛、不起眼的長相、毫無起伏的平胸，又是個

譯註：日本大學生通常於大三那年開始找工作，多數人在大學畢業之前就可以拿到內定，畢業後正式就職。

運動白痴……這樣的自己還眞沒有哪個時期不是活在不安中，這樣一想，也就乾脆豁出去了。

隔年三月，距今正好一年前，日向子進入公司後被分配到編輯形象雜誌的編輯部。回想起來，這又是另一個幸運際遇。除了日向子，這部門只有總編和另兩名員工，是個很小的部門，負責編輯叫作「Thousand Stone」的免費雜誌，以及與雜誌相關的網站。

部門的大家都很溫柔好相處，能爭取到新進員工是一大喜事，因此都很仔細地教導日向子工作方式。在這裡，她學到了如何製作雜誌版型、如何擬定企畫、如何邀約作家寫稿、如何處理打樣、如何和美編開會討論、如何謄寫對談內容等等。

部門前輩微笑著對她說：「有任何不懂都可以問。」於是，即使只是雞毛蒜皮小事，日向子也會找前輩商量，自認在沒有犯過大錯的情形下磨練出身爲編輯的專業技能。漸漸地，交給她主導的工作增多了，而她也開始掌握到能順利做下去的手感。領著一份正式薪水，生活水準比學生時代更上一層樓。搬到單人小套房，添購鞋子與包包，夏天打折季時也能提著幾個紙袋回家了。開始上美容院，化妝品從價位最低的品牌提升了幾個等級。

而幾個分散在不同部門的同期同事，偶爾會相約吃吃喝喝，聽他們抱怨其他部門的事，這讓她慶幸自己擁有這些無話不談的同期同事。一邊抱怨公事，一邊也知道拿這些不平不滿來下酒，就表示大家還有振奮精神工作的力氣。

但是，就在進入公司半年多之後，記得是快入冬的時期。

「妳聽說桑原的事了嗎？」

分發到業務部的同期同事目黑明日香意有所指地對日向子咬耳朵。桑原指的是桑原雅紀，隸屬《週刊千石》專追獨家新聞的案件組。週刊雜誌總是人手不足，每年都有將近半數的新進員工被分發到這個單位。日向子這年進來的七個人當中，就有四個人隸屬於《週刊千石》編輯部。剩下的三個人，一個去了《運動月刊》雜誌，一個去了業務部，另一個就是被分發到宣傳雜誌編輯部的日向子。

「他怎麼了？上次的同期聚會也沒來。聽說得了夏季感冒一直沒好不是嗎？」

桑原絕對不是不合群的男人，個性爽朗又穩重，懂得開適度的玩笑，不會認眞過頭，言行舉止都有分寸，屬於不會令人感到有壓力的類型，對日向子來說是非常值得感謝的存在。聽說他工作能力很強，才進公司沒多久，就被視爲戰力之一，忙於支援各項任務，是同期同事們的驕傲。

「好像說是胃出了問題。上個星期在工作中倒下，被送進醫院。雖聽說住幾天就能出院了，但還是教人擔心。」

「太累了嗎？是不是工作太拚了？」

「我想應該是。畢竟那個部門好像眞的很血汗。」

互相使了個眼色，表示這話題在這裡說說就好，之後兩人便道別了。一個星期之後，明日香又叫住了日向子，告訴她桑原從案件組調到其他小組去了。

□

《週刊千石》目前擁有六十萬本的傲人發行量，是國內頂尖的週刊雜誌。每週四出刊，每逢出刊日必定刊登報紙廣告，電車裡也會掛上宣傳海報。雜誌內容包山包海，從足以撼動政治金融界的獨家醜聞到演藝人員的八卦花邊，內容豐富精彩。

無論是激烈挑釁的文句，還是狗仔偷拍的照片，一律光明正大地刊登，引發社會議論自然是家常便飯。被《週刊千石》爆料，失去社會地位，人生一落千丈的例子所在多有，遇到對方宣稱雜誌杜撰捏造而遭提告也不稀奇。有些原本被譽為世紀佳話的事，因為雜誌的爆料，一夜之間轉為醜聞，這種事也很常見。因為總是毫不留情地踢爆那些不想被人知道的背後眞相，對讀者來說是一本非常具有刺激性的雜誌。

以日向子的狀況來說，在開始找工作前，從未主動伸手拿起這本雜誌。當然不是從未被電車車廂廣告吸引，也曾趁著去書店時好奇窺看封面，或是向朋友借來看，然後一起對著彩頁裡的狗仔偷拍照瞎起鬨，只是從來沒有掏錢買的意願。老實說，她認為這種雜誌比早上和中午電視上的八卦新聞節目更露骨，也認爲雜誌必定會有只爲銷量而捏造的報導，一想到有人因爲被爆料而受傷，除了同情，還是同情。這種雜誌難道沒有良心，沒有品格嗎？日向子經常如此義憤塡膺地想。這也是她嚮往已久的出版社唯一的缺點。

然而，社會歷練豐富的社團前輩叮嚀她：「如果要接受千石社的面試，就不能說週刊雜誌的壞話喔。」還說：「如果被問到，只能笑笑說若分發到週刊雜誌編輯部，一定會努力工作。」

反正日向子本來就不認爲自己會錄取，也就不把這唯一的缺點放在心上了。比起這個，出乎意料通過書面審查的事更讓她高興，面試時也努力做出了幹勁十足的回答。之後奇蹟般地被錄取，日向子更是開心得像是飛上了天，就算去逛書店也對雜誌賣場視若無睹，一找到陳列千石社文學書或文庫本的書架，就著迷地看起來。起初也曾對即將隸屬哪個部門感到忐忑不安，後來確定進入宣傳雜誌編輯部後，對於《週刊千石》，頂多就是從同期同事口中聽到小道消息時驚訝地睜大眼睛而已。

最後，日向子對《週刊千石》的看法依然和獲得內定之前毫無不同。對她來說，這依然是一本形象很差、最好敬而遠之的雜誌，《週刊千石》編輯部就是製作這本雜誌的地方。只是，後來她也知道編輯部裡分成了幾個小組，除了追查露骨八卦、撰寫命案相關報導或災害報導之外，雜誌裡也連載小說，還有介紹美食的專欄，甚至有書評專欄，當然也有負責這些單元的小組。

「桑原現在改做小說或專欄的編輯工作了嗎？如果是這樣，或許還比較好。」

聽了日向子的話，明日香略顯猶豫地點了點頭。那時，兩人站在公司裡的自動販賣機旁。日向子到業務部送剛印好的宣傳雜誌，離開時正好在辦公室的明日香送她出來。

「也是啦。不管誰都有適合和不適合的工作。」

「什麼意思？」

明日香確認四下無人之後才開口。

「夏季感冒拖太久，低燒不斷和搞壞腸胃的原因，與其說是生理，不如說是心理問題。」

「心理……」

「聽說他去採訪的每個案子都很吃力。妳也知道，桑原是個認眞又努力的人，正因爲無法敷衍了事，才讓自己的精神承受不了。」

感覺就像是眼前被翻開了不想看的寫眞彩頁，日向子帶著翻到其他頁面的心情說：

「我聽說，桑原調查的案子有和黑道組織扯上關係的體罰教師、山中分屍案的死者眞實身分，還有藝人的吸毒疑雲。」

「嗯，才剛進公司，負責的案子就都這麼嗆。」

「為什麼要讓新人做這些工作呢？我從以前就一直很困惑。」

「因為他備受期待吧？桑原自己也立志從事報導工作，表現得很積極啊。」

「只因為這樣就讓新人做這些，未免太過分了。」

心理問題或精神承受不了等說法，或許只是明日香個人的判斷，也可能只是眾人不負責任的流言蜚語，畢竟太多人以為只有自己才看得出真相。

日向子也不是不能冷靜這麼想，但是她從以前就對《週刊千石》沒好感，不知為何那個編輯部要讓剛從大學畢業的新鮮人採訪那類足以震撼社會的重大案件。那種工作不是應該讓更資深的老手去做嗎？身為新進員工，每天只想著要早點適應職場，想早點學會工作，不要扯同事後腿，懷著這種心情難免會勉強自己，難道他們無法理解這種心情嗎？

「田島說，桑原大概是不想被說自己沒毅力或不夠堅持吧。」

田島是和桑原一樣被分發到週刊的同期男生，隸屬攝影組。

「才沒有人會那麼說，也不會那麼想啊。不是這樣的，桑原一直都很認真，是交付超出負荷的任務給他的人不好。」

「噓！妳太大聲了啦。這種事大家都知道啊。所以我才說每個人都有適合和不適合的工作。《週刊》是個特別的職場，希望桑原也別太在意，好好把身體養好，盡快投入接下來的工作吧。」

對於明日香的指摘，日向子怎麼也無法認同，留下揮之不去的不滿情緒。就在被這股情緒困擾著的時候，正好有機會和同部門的前輩一起去吃燒烤，在燒烤店的狹窄包廂裡談起了這件事。

那是比自己早六年進公司的女性前輩布川。聽說她剛進公司時也隸屬《週刊千石》，在那裡奮鬥了三年。一聽日向子提起，就點頭說：「喔，桑原的事啊。」看來事情已經傳開了。

「因爲案件組會遇到各種狀況啊。聽說他調到其他小組了，不是嗎？很快就會恢復活力了啦。」

「布川姊好厲害喔，能在那裡待上三年。」

「沒有啦，也不算待好待滿，中間有一半時間是在做連載專欄。」

「我就不懂，爲什麼非得要新人負責那麼重大的案件不可？才剛進公司就去跑黑道組織或身分不明的分屍案，聽說也得在大熱天下監視或跟蹤採訪對象？」

布川把塗了滿滿味噌醬的高麗菜送入口中。

「這就是《週刊》啊。既然上頭說了這是工作，就只能認眞去做。」

日向子無法不露出不滿的表情。

「日向啊，和妳同期的那女生不是說了嗎？每個人都有適合和不適合自己的工作，還能在這份工作上繼續努力的人就努力下去，無法繼續努力的話離開就好。除此之外的話都不用多說。不先做做看，誰也不知道適不適合，所以上面的方針是先讓新人去做做看。」

「不覺得太欠考慮了嗎？萬一在這第一份工作就喪失自信，對當事人來說根本沒有好處。」

「妳所謂的自信是什麼？多餘的自信還是砍掉比較好，只有非擁有不可的自信才需要不顧一切守護。妳呢？如果被調到《週刊》，能撐多久？」

「我？」

一時之間，日向子還想了一下「調」是什麼意思。才開始工作不到十個月，仍無法獨當一面，還有許多不懂的事、做不到的事，手上的是好不容易才通過的企畫，自己現在才正要開始在職場上努力。

「和日向妳這麼一聊，我才想到。」

把開始坐立不安的日向子丟在一邊，布川一手拿著盛了燒酌的威士忌酒杯這麼說：

「調查分屍案中身分不明的死者，和編輯文學作家的小說，這兩者有什麼不同？是不是不能把兩者分得太清楚？我們做編輯的人，在撰寫關於屍體的報導時，和閱讀小說的原稿時，內心深處或許必須抱持同樣的東西。妳懂我的意思嗎？」

日向子反問了一聲：「什麼？」身體差點向前傾，肩膀勉強用力撐住，低下頭。包括剛才聽到「調」這個字在內，眼前的話題都在在令她語塞，無法好好消化。

「不好意思，我有點……」

「啊，抱歉。不是啦，我自己也不是很清楚，只是腦中浮現的一些想法。不過，要用言語說明眞的很困難呢。妳別介意，哎呀，眞是的，好丟臉喔。」

布川一口喝光燒酌，又再點了一杯。日向子在她的勸酒下，也點了第三杯燒酎調酒。布川又說，「這裡的燉牛雜雖然也不錯，但下次還是帶妳去更時髦的店吃義大利菜吧，或是異國料理也不錯，泰國菜如何？」

話題瞬間轉變，不知不覺間，已經聊起布川說要把自炊用的鍋子和平底鍋讓給日向子的事了。

□

後來，日向子曾詢問（絕對不是逼問）布川那時是否早就知情，而布川嚴正否認。但是老實說，誰知道呢，說不定她早有預感了。

接收布川家鍋子和平底鍋的隔週三，總編把日向子叫了過去。在公司二樓的餐飲區角落，以「雖然還沒正式決定」爲開場白，接著說：「信田，妳四月之後可能要調去《週刊》。」

其實腦中曾經閃過這個可能性。原先分發到《週刊千石》的四個人當中，有兩個隸屬案件組，一個隸屬攝影組，一個隸屬連載組。隸屬案件組的桑原十一月起轉調連載組，最需要人手的案件組就會陷入人力不足。如果連載組有人可以交換，那就又另當別論。

「這種事一般都不會先預告喔，只是這次的調動屬於例外，我想先讓妳有心理準備。我們編輯部其實也不願意放人，畢竟妳好不容易才適應了啊。」

日向子輕輕點頭，低聲道謝。進入春天後，自己企畫的新單元就要開始了。前幾天還獨力完成了這期封面專題的三人對談特輯，也好不容易讓美編和插畫家記住了自己的名字與長相，一切才剛要開始。更何況，之前聽說每個部門最短也得待上兩年。

「別擺出那張臉嘛。妳或許聽說了不少事，但那邊其實很有意思的，能體驗到許多別人無法經歷的事，還有機會直接接觸各行各業的頂尖人物，工作起來很刺激，也可說是站在日本的最前線。如果真的確定轉調，妳就不要想多餘的事，帶著真正的自己投入那個職場吧。我相信信田妳一定能創造出明日的《週刊千石》。」

總編這番安慰，就像一塊畫得太大的大餅，憑自己的實力根本無法跟上那樣的願景。

借來當三人對談場地的飯店會議室租借費用之高，令日向子瞠目結舌。午餐訂的松花堂便當價格也讓她心跳加速。連這種事都能嚇到，日本的最前線一定有更多類似的事吧。

就算總編說那是個充滿刺激的職場，但若赤手空拳上陣，大概出發前就遇難了吧。

不可能，絕對沒辦法。

然而，在無法開口表達異議的情況下，唯有時間徒然流逝。被總編叫去說了那番話的兩個月後，內部人事異動命令下來了。打從確定進入千石社工作，這就是絕對無法避免的命運。不，在那之前，日向子更想先弄清楚的是，爲什麼自己會被千石社錄用？想不通原因何在，只能說是品味獨特。

一方面把怒氣和怨恨出在其他地方，表面上還是保持冷靜，苦笑以對。除了盡可能地逞強之外，多少也有對桑原的顧慮在內。他已確定離開週刊編輯部，轉去做文學雜誌了。若說他爲此感到開心或鬆口氣，這種話也令人心情複雜，只能說彼此都要徹底放下，重新投入新的工作。

進現在的部門不到一年，還沒做出任何了不起的成果。和相關人士打過簡單的招呼之後，日向子接到桑原的電話，約她單獨喝兩杯。

□

一個雙方都有空的星期天晚上，兩人並肩坐在營業到天亮且全年無休的居酒屋吧檯邊。日向子學生時代曾在與這間居酒屋同集團的連鎖店工作過，莫名一陣懷念。

出生在千葉鄉下的她，考上大學來東京時，曾驚訝於這裡的人口之多。今晚說起當時的事，感覺好像回首百年前。桑原也重重點頭附和。就像不管在哪吃口味都差不多的馬鈴薯沙拉，有時毫無特別之處的東西反而讓人安心舒適。

「桑原，你的老家在旭川對吧？北海道……可是你沒有讀北大，而是進了東大呢。」

「因爲從模擬考成績看來，兩邊都考得上。」

「和我完全不同等級。」

這句話說得很小聲，桑原大概沒聽見。只見他彷彿憶起當年情景似地，瞇起了眼睛。

「應屆就考上，意氣風發地來到東京，進入傳媒相關的社團，還和其他學校的學生一起自費製作了小眾雜誌。信田呢？我記得那個社團裡也有早稻田的學生。」

「請別在意我。我學生時代幾乎沒拿家裡的錢，只能去打工。」

雖說桑原讀的是國立大學，學費比較便宜，但他家的經濟環境，應該也供得起他度過充實的學生生活吧。從第一次見到他時，就能從這男人身上感受到良好的家教。

「你讀的高中沒有其他人來這邊上大學嗎？」

「有啊，好幾個，上東大的只有我一個。不過，我在這馬上交了朋友，認識很多不同學校的人。」

「嗯，桑原你很擅長與人溝通嘛。」

「沒這回事，我不太會講話，也沒有自己的個性，別人老是記不住我。」

這種不忘謙遜的態度也提高了他給人的好感。不但優秀，姿態還放得很低。想必桑原一路走來，過的都是不需要虛張聲勢的人生。

「因爲想進媒體業，找工作時就集中鎖定報社和出版社，到處投履歷。有的感覺滿有希望，也有當場被拒絕的。不管怎麼做，就是掌握不到面試及格與否的關鍵是什麼。收到千石社內定通知時，我眞的是鬆了一口氣。老家的父母和高中老師也都很爲我高興，大家都說好厲害喔，你果然不令人失望。」

桑原嘴邊浮起一抹若有似無的笑。語氣聽起來像是在說久遠之前的事，實際上才不到兩年之前。從眾人欣羨的對象一下子轉變境遇，這個過程日向子最清楚不過，連答腔的話都說不出來，一頓飯吃得沉重，連酒喝起來也是苦澀的。

「會被派到《週刊千石》也是預期範圍內的事。每年進公司的新人幾乎都會被派進那裡，這件事我早就從同樣進千石社工作的學長那裡聽說過，輪到自己時，也只心想『果然如此』而已。當時我還認爲自己能表現得更好。」

這次他臉上清楚浮現自嘲的笑容，說話語氣也明顯變得低沉。日向子決定不過度反應，盡可能把內心想法直率地說出。

「桑原，因爲你太老實、太努力工作了。才剛進公司就被派去負責調查凶殘案件不是嗎？太過分了，我認爲那樣太過分了。」

「不，不是的。今天約妳出來，就是因爲那方面的事得好好說清楚才行。說是調查凶殘案件，其實我做的工作只是基層中的基層。我負責問話的對象是那個體罰教師遠方老家的附近鄰居。或是去他從前就讀的學校，找到教過他的老師，詢問與這位二十年前畢業生相關的事。想也知道，老師根本已經不記得這個人，校長也不肯接受採訪。另一個案件是藝人吸毒事件，我負責去該藝人兄弟工作的地方堵人，詢問對方對這件事有什麼想法。都是這類工作喔。至於分屍案，我調查的是屍體身上穿的T恤出自哪個廠牌。關於這件事，我去哀求在報社工作的學長，好不容易才打聽到一點消息。接受上司指示行動，自己調查的結果若能成爲報導中的一行字，就已經很値得慶幸了。除此之外，就是勤奮地幫忙跑腿，做些去便利商店買午餐之類誰都能做的事。」

日向子露出詫異的表情。桑原瞥了她一眼，啜飲一口泡沫已經消散的啤酒。

「你剛才說那些是『誰都能做的事』？做些去便利商店買午餐之類的事？既然如此，怎麼可能才半年就把身體搞壞，不管上面的人叫你做什麼事，只要超出負擔，誰都會受不了吧。」

「不是這樣的。」

「不然是怎樣？」

桑原咬著嘴唇，放在桌上的手緊緊交握：

「我不敢按門鈴了。」

日向子回以疑惑的表情。門鈴？

桑原嚴肅地點頭。

「上頭派我去體罰教師的老家，拜訪附近十幾戶人家。很簡單的工作，對吧？只要按下門鈴，亮出千石社的名字再說明來意就好。幾乎所有人的回應都是『不清楚』、『不知道』、『不認識』，這樣也就行了。去問回這種話就是我的任務。我明白這並非毫無意義的工作，在撰寫一篇報導之前，這是必須做的事。我並不是因為老是得做無聊工作才自暴自棄，那些都是我能認同的事。只是從某天開始，我變得無法按下門鈴了。」

靠近門口的吧檯座位不時有人經過。有結完帳離開的人，也有剛上門的人；有端菜經過的店員，也有朝廚房複誦客人點餐內容的店員，還聽得到裡面廚師應答的聲音。明明整間店嘈雜喧嚷，那些聲音卻漸行漸遠，連氣味也消失了。日向子從醉意中清醒。

她想找尋適當的話語，在不知不覺中竟順著桑原說的話豎起一根食指。都已經走到門前打算按電鈴了，卻怎麼也按不下去。與其如此，還寧可說自己只是因為每天被瑣碎的雜務追著跑，總是在做白工才消磨了鬥志。

「無論被當成空氣、被說了挖苦的話或砸東西，我都告訴自己那不算什麼，只要忍耐到夏天就好。在意那種事是自己的損失，到現在理智都還這麼認爲。」

「桑原……」

日向子很想說「大家都一樣」，可是，她不確定能不能這麼說。自己這一年來待的是完全不同的職場，對他的狀況毫不知情。

「大概是因爲，我到目前爲止眞的沒吃過什麼苦頭吧。還以爲自己是更堅強的人，現在終於認清自己有多軟弱。不過，每個人的狀況都不一樣，也有人能忍耐撐過去。我今天就是想告訴妳這個。信田，不試試看不知道，我很期待看到妳大顯身手喔。」

「桑原……」

鎖不住的淚水瞬間湧上，奪眶而出。一把抓起旁邊的擦手巾按壓眼角。像被打開了什麼開關，日向子哭個不停。好久沒這樣哇哇大哭了。桑原遞上衛生紙，要她擤擤鼻涕。

「誰教桑原你……人太好了啦……」

「很高興聽到妳這麼說。能夠感動信田，我今天也算保住了一點面子。請妳也期待我之後大顯身手吧。」

「我會期待的，非常期待。我告訴你，男人稍微示弱才更容易受女人歡迎喔。女人很吃這一套的，沒問題，你一定可以。我會密切注意桑原今後的表現！」

「別這樣，這文案太老套了吧。話說妳指的竟然是那方面。」

兩人哈哈大笑時，四周又恢復了喧囂。叫住路過店員，加點了幾道菜，很快送上桌後，兩人也和樂融融地分著吃了。彼此分享這一年來從各部門獲得的資訊、其他公司的情報，以及與前輩或同期同事有關的小道消息，話題多得聊不完。日向子對即將調到文學雜誌的桑原，熱烈發表了文學雜誌該如何與宣傳雜誌合作的想法，以桑原的實力，一定能陸續提出各種有效運用網站的點子。對了，也請業務部的明日香提供第一線銷售人員的意見吧。

彼此滿心期待看到對方大顯身手。

□

四月二日星期四，日向子正式調到《週刊千石》編輯部。一個星期之前和總編面談，被告知將隸屬負責事件報導的北濱主編率領的小組，也和主編打過招呼了。

目前《週刊千石》的編制大致分成三塊，一塊是編輯專欄、散文、小說和書評欄的連載組，一塊是以攝影爲主的攝影組，第三塊就是案件組了。前兩組都只有一個小組，只有案件組底下又分成四個小組。

總計六個小組。每一個小組都有職稱爲主編的小組長，再上去就是總編。

春季人事異動後，攝影組和案件組的其中一個小組換了主編，北濱主編則是在原本的位置連任第四年。非主管級的員工中也有幾個人調職，和日向子同期的桑原去了文學雜誌編輯部，代替他進來的就是日向子，只是桑原本來也不隸屬北濱組，整個週刊編輯部內就像一幅打散重拼的拼圖，有好幾個人變更了職務。

案件組的人力構成是這樣的，每個主編底下各編制三到四人，再搭配兩到三個約聘記者。每個小組內都有年輕員工與資深員工，看來似乎經過平均分配。

北濱主編看起來年過四十五歲，身材瘦削、臉頰凹陷，可能因爲頭髮都往後梳的關係，額頭顯得很寬，戴著一副黑框眼鏡，話不多，聲音低沉，散發出一股知性氣質，有那麼一瞬間令人聯想到太宰治。不過，日向子進入週刊編輯部當天就知道這是誤會了。

撇除約聘員工不說，其他正職員工有比日向子早進公司三年，在案件組也已待了三年的山吹司，以及小日向子一歲，還是個閃亮社會新鮮人的阿久津健吾。

約聘記者則有與主編年齡相仿、看來相當資深的村井勝政，以及年齡介於二十五到三十歲之間的椿大介。再加上北濱主編，北濱組是一個六人團隊。

星期四早上十點，在前輩山吹預先登記的四樓會議室中，小組全體成員首次到齊。日向子九點半前抵達公司，和剛進公司不久的阿久津一起把私人物品放進分配到的辦公桌，和其他菜鳥員工一起感嘆新人在公司裡地位之低，也向其他小組陸續來上班的前輩低頭打了招呼。

攝影組的同期同事田島笑著說：「信田妳明明進公司第二年了。」但日向子的心情真的就像剛進公司的菜鳥。

「不用這麼拘謹也沒關係啦。」

「田島你就很有第二年的樣子，感覺游刃有餘。」

或許因爲他個子高大，看起來更是從容不迫。

「有任何不懂的都可以問，雖然我也不是都能回答啦，畢竟也才來第二年。」

「前輩，案件組聽起來就很恐怖。」

「沒事沒事，不會死人的，應該啦，大致上。」

正當他說著這些算不上安慰的話時，時間也已將近十點，日向子趕緊朝會議室移動。六人到齊後，日向子和阿久津這對菜鳥搭檔先像轉學生一樣和眾人打招呼。除了他們兩人，其他人似乎都是延續去年的班底。

加入新血，北濱組的新團隊正式啓動，立刻舉行了企畫會議。每個人輪流提出可能發展爲報導的題材，一個人提出五、六個點子。這是每星期四固定要開的例行會議，下次兩個菜鳥也要加入報告行列。日向子拚命點頭。宣傳雜誌編輯部也會開類似的會議，只是那邊是月刊，就算加上網站的頁面內容，也很少展開什麼新企畫。

一星期必須提出五、六個點子，自己眞的想得出來嗎？

無視日向子的不安，會議持續進行。市面上最新的養髮劑情報、寵物商機的內情、好萊塢演員出人意料的副業、急速成長的超高層公寓大廈居住品質、阻止拆毀學生宿舍的請願書……前輩們提出的採訪題材五花八門。

其中，提及知名政治家的情婦傳聞時，討論最是熱烈。那個看來冷靜知性，甚至帶點神經質的北濱主編眼神都變了，熱切往前探身的模樣令日向子印象深刻。只見他興奮地喊：「再去多挖一點！再死纏爛打一點！緊咬著別放！」連口水都噴出來了；之後仰起尖尖的下巴，身體向後靠在椅背上，嘴角愉悅地扭曲……從太宰治搖身一變成為打著壞主意的大人版小夫。

後來日向子才聽說，北濱主編進公司四年後調來《週刊千石》編輯部，先是在這裡挖出知名政治家和情婦的大消息，後來轉調文學編輯部時，負責的作品又是描寫政治家情婦的社會派推理小說，那部作品不但得了某文學獎，還拍成電影，穩穩坐上暢銷書寶座。

因此，只要是與情婦相關的話題，大家就會提到北濱。他自己對此不但毫不介意，反而志得意滿。像在誇耀自己的豐功偉業般，把情節加油添醋得驚心動魄，動不動就要拿當時的奮戰過程出來宣揚一番。說起來，他本來就是關西商人性格，以「暢銷最重要」為信條。

受到來自四面八方的毒氣薰染之後，日向子這天的午餐便當剩了一大半。看阿久津狼吞虎嚥地吃光整個便當，除了驚愕，也感到欽佩。這個中等身材的娃娃臉男人，一雙烏黑骨碌的眼睛有如小狗，其實說不定是個神經大條的傢伙。

下午，和其他案件組的主編及組員打過招呼，也和正好來公司的攝影師及插畫家交換了名片，寒暄告一段落後，北濱主編立刻要日向子和阿久津協助山吹，還說已經知會過他這件事了。

要幫忙的有兩件事，一件是對日本職業足球聯賽某球員的身家調查，另一件則是對某模特兒經紀公司社長的身家調查。兩者都屬於搜集資料的工作，阿久津拿到的是足球選手國高中時代的同學通訊錄，要一一打電話聯繫。除了打探關於足球選手的傳聞之外，如果有人願意碰面談，就和對方約定好時間地點再報告上去。

日向子負責調查模特兒經紀公司的社長，只是一時之間不知該從何處著手。丟下一句「網路上查得到的範圍即可」，山吹就匆匆離開了。

《週刊千石》編輯部人員眾多，部門辦公室面積也大。每一組由四張桌子拼成一條供組員相對而坐的大長桌，案件組共有四條長桌，就像學校教室一樣並列。相當於講台位置的地方，由總編輯的桌子坐鎮。後方是張大桌，可在上面攤開資料，或放置訂來的便當。

辦公室裡沒有設置隔間，若用教室來比喻，相當於走廊位置的地方放著電視和冰箱，再過去才是攝影組和連載組的位置。有門相隔的會議室和休息室，配置在樓層最外圍。

樓層面積雖大，但因每個人桌上都放滿資料、電腦和私人物品，每張桌子都堆得像座小山，因此不但沒有空曠感，反而還顯得雜亂不堪。空間裡有人站著交談，也有人一邊走路一邊講電話，甚至有趴在桌上睡覺的人。出門辦事的人也很多。

到職第一天，對一切都還不適應，日向子只能坐在自己的位置上，打開電腦、動動滑鼠，這樣或許多多少少看來還像在辦公。她偷偷打從心底嘆了口氣。幸好前輩們桌上堆滿各種東西，自己只要壓低身子，就能埋沒其中。這種時候，還真該慶幸自己身材嬌小。

當然，不能一直這樣躲下去。這裡既然是日本的最前線（根據前上司的說法），一定是個連活著的馬都能被活生生地挖出眼睛、哭泣的小孩也會被嚇得安靜下來【註】的地方吧。今天已經過了一半，目前雖然平安無事，誰知道這種地方什麼時候會發生什麼事呢。要是可以的話，眞希望這一整年都這樣平安度過。

懷著祈禱的心情，日向子盯著拿到的便條紙。

上面只寫著「模特兒經紀公司方尼斯社長畑中健太郎，四十二歲」的資訊。不過，在得知自己可能被調職後，日向子也找來《週刊千石》研讀了一番，腦袋多少敏銳了一點。

編註：兩句皆爲日文俗語。前者用來形容爲了獲利而動作飛快的樣子，後者則是形容很有威勢的模樣。

既然上面特地交代調查這個人的身家，就表示他背後可能有什麼醜聞。這麼說來，正面進攻是不行的，但是又不能一開始就往背後挖。

先把表面上的資料搜集齊全吧。比方說在哪裡出生、從哪間學校畢業、從事過哪些工作……在找得到的範圍內製作年表。連上網查到的照片和接受雜誌專訪時的文章也印下來。這人有張五官深邃的臉，看起來很有自信。雜誌名稱也記下來吧。

接著，想調查寫在他履歷上的公司聯絡方式，但是卻碰壁了。從公司名稱看來，似乎是與音樂相關的製作公司，大概已經倒閉了，也可能換過名字，總之不管怎麼找，都找不到聯絡方式。難道畑中身處的業界都走這種模式？還是說他算特例？日向子無法判斷。

忽然想到一個主意，日向子連上他公司的官方網站，把上面的模特兒名字也列成清單。有些模特兒的名字連不太注意流行的日向子都聽說過，但也有簡介內容少得可憐的模特兒。

這裡面不知有沒有人願意接受訪問？這些模特兒都算是畑中社長身邊的人，說不定交談中會透露一點他的人際關係，這樣就算是有所收穫了。問題是，誰會隨便以私人身分接受訪問？但透過經紀公司正式聯絡又失去採訪的意義。就算能私下取得聯繫，日向子也不認為模特兒們有這麼大嘴巴，畢竟萬一事情曝光，難看的可是自己。

那麼，要不要試著聯絡已經解約的模特兒？說不定會有口風不緊的人？想到這點，日向子興奮起來，但又不知道該如何找尋解約的模特兒。

正陷入思考時，有人敲了敲她的背，回過神來才發現天都黑了。原來這天晚上要舉行新人歡迎會，地點在公司附近的居酒屋。

急忙整理服裝儀容時，阿久津也過來了，露出一臉窩囊的表情嘆氣。一問之下才知道，照著通訊錄打電話這件事似乎很痛苦。一旁的村井說：「那種事不管誰來做都很吃力啦，眞的是很辛苦的工作。」日向子打從心底同情阿久津，同時想到自己也有一天會被分派到類似工作，心情不由得黯淡下來。看到村井豪邁地哈哈笑著撤退，總覺得彼此的差異正說明了這份工作前途多災多難。

□

日向子和阿久津的歡迎會，幾乎可說是在兩人致詞、眾人拍手，以及北濱主編率領乾杯的儀式之後就宣告結束，然後就和一般聚餐沒什麼兩樣了。

除了組員，也有看似特約記者和攝影師的人加入歡迎會，他們沒完沒了地聊著各種日向子聽得一頭霧水的重口味話題。偶爾有人忽然咆哮失態，杯盤狼藉的桌面和不斷追加上桌的酒量也震懾著她。當然也少不了聽北濱主編高談闊論他的情婦傳說。

續攤去的是卡拉OK，在那裡被強迫唱了偶像的歌，還被罵舞蹈動作不夠到位。酩酊大醉的人口中不時吐出性騷擾語言。就某種意義來說，早早醉倒的阿久津還眞是幸福。一想到這就是所謂的日本最前線，日向子不知該說無奈，還是覺得丟臉。或許連這樣的情緒也是醉意帶來的吧。

忘了是在第幾次被問了下流問題，還是被要求唱自己沒聽過的歌時，日向子用力大喊：「這種地方我受夠了！我要辭職！我要回家！白痴千石社！」不，其實沒什麼印象了，只記得旁邊的前輩們起鬨：「沒錯，沒錯！就是白痴！大白痴！」那一定是在作夢吧。肯定是這樣沒錯。

隔天早上醒來時，躺在陌生小房間的床上。活了二十三年，日向子第一次喝酒喝到不省人事，也是第一次衣衫不整地躺在陌生床上。

急忙察看身上，還穿著前一天的罩衫和長褲，外套放在邊桌上。再定睛一看，手提包塞在桌下的置物處。戴起眼鏡後才發現，這眞是一間狹小的房間，裡面幾乎什麼都沒有。天花板和牆壁都是純白色，簡直像病房。

當日向子還在出神時，門上傳來敲門聲。匆匆撫順頭髮，看到從門外探頭進來的，是幾天前還跟自己在同一個編輯部工作的布川。

「起來了？我帶好東西來給妳囉。」

這麼說著的她，手裡拿的是瓶裝水。這就是所謂的絕處逢生吧。

感恩地接過瓶裝水，問了這是哪裡之後，換來的是布川豪邁的笑聲。

「可惜，要是身邊睡個陌生男人或是不陌生的男人就好了呢，那樣日向的人生就將開啓嶄新的一頁。不過，這檔事還是之後再期待吧。」

聽她說了才知道，昨晚同事們將喝醉的日向子拖回千石社，叫出半夜還在加班的布川，把日向子交給她。現在躺的地方是女員工休息室裡的床，時間剛過早上八點。

布川說校完稿要回家了，日向子頻頻向她道謝後前往盥洗室。盥洗室裡放著拋棄式牙刷，聽說是時尚雜誌編輯部提供的。雖然只是試用品，但也有卸妝用品和化妝水、粉底液等等，一應俱全。

這裡共有三間附床的小房間，除了日向子睡的那間外，一間掛著「空房」的牌子，另一間則掛著「使用中」。不知是哪個部門的誰在裡面睡覺。辦公室裡還有其他和布川一樣熬夜加班的人，同一樓層的沙發上也有人在補眠。

等待原稿、插畫稿，請印刷廠的人先在旁邊等，一一核對打樣上的紅字是否修正，再將最終檢查交給被稱爲「最後一棒」的人，檢查通過後才總算結束工作，從自己手中送出。每天晚上，公司裡總有哪個部門的人這麼工作著，這就是自己的職場，這就是千石社。

刷完牙，簡單化個妝，感覺比較清爽了，才上樓回《週刊千石》編輯部。推開門進去的瞬間，一股酒臭撲鼻而來。原來昨晚各小組都舉行了歡迎會，眞不知道整個編輯部總共喝了多少酒。不得不說，這也是千石社的特色。

聽說昨晚早早就醉倒的阿久津也被丟進休息室。男性員工的休息室就設在編輯部旁邊，他好像睡得很好，正精神抖擻地執行每天早晨的工作。爲了方便閱讀，送來的各家報紙要拆開裝訂，是很適合菜鳥的工作。已經進公司第二年的日向子也加入裝訂行列。幾乎編輯部裡所有菜鳥都穿著和昨天一樣的衣服。

關於模特兒經紀公司社長那件事，日向子向山吹報告調查到的內容之後，也詢問了是否該去找已解約的模特兒打探。因爲不知道如何和她們接觸，山吹就說他會去問問認識的造型師。看到他露出笑容，日向子總算覺得自己也派上一點用場；然而在高興之餘，當她將其他資料交給山吹之後，他又說「沒妳的事了」。

「還有需要幫忙的事會再叫妳，麻煩囉。」

「好的。」

日向子還在錯愕之中，山吹又歪著頭想了想：

「這是我前天才聽到的小道消息，聽說那位社長可能從事違法副業，經營不太正經的女侍酒吧，這確實很像模特兒經紀公司社長會做的事，我也有點在意，如果傳聞是眞的，這條新聞可得好好掌握。只是，會不會是假消息也很難說，各方面都不太能放手調查。」

日向子想起那位社長油光滿面、五官深邃的長相，心想原來如此，看那張臉確實很可能在檯面下搞鬼。要慫恿不紅的模特兒或當不上職業模特兒的年輕女孩，推她們進火坑，以他的身分或許很容易做到，而且從這管道賺的錢也多吧。

但是，萬一這完全是栽贓的假消息，那麼放出這種消息的人大概就是想扯社長的後腿；如果未經查證就報導，那麼《週刊千石》就會成爲幫凶。

「查證是否爲假消息很重要，請問該如何分辨？」

「看消息來源的可信度，以及佐證的證據是否可靠。無論多有趣的題材，如果情報提供者是個耳根軟的人，就要特別注意。任何情報一定要再多方打聽，才能確信消息是不是眞的。反過來說，如果是可信的人傳來的消息，那就值得深入挖掘，有時甚至必須主動請教對方意見，或是找對方討論。」

所以還是要看對象了。隨時得做出對方是否值得信賴的判斷。爲了不被假消息牽著鼻子走，編輯本身也必須培養敏銳的嗅覺和精準的眼光。日向子懷疑自己能否做到，實在不敢把話說得太滿。

山吹外出之後，日向子又被主編叫去，不是整理檔案，就是影印或幫忙去公司其他部門跑腿，總之都是雜事。忽然覺得肚子餓，一看時鐘已經超過十二點半了。早上在休息室睡醒後，也沒吃早餐，就匆匆跑來編輯部。其實前一天不算喝到失去記憶，只是在陌生的地方睡著而已，所以並沒有宿醉症狀，心想差不多該吃點東西了。最好是清爽一點的食物。吃什麼好呢？正這麼想時，又被主編叫去了。

主編要她馬上出門和稍早已經去了立川的村井會合。發生什麼事了嗎？還來不及詢問，主編又說：「詳細情形到了再問他。」

□

在車站裡吃了立食烏龍麵，日向子搭上中央線快速列車前往立川。在電車裡發了電郵給村井，接到在東驗票口會合的指示。

村井是昨天才第一次見面的人，就是那個在阿久津依照通訊錄打電話時說「這種事不管誰來做都很吃力」的人，也是在歡迎會上津津有味地喝啤酒的人。具體來說，日向子只記得他有一對像畫半圓似的眉毛，或許可說是隨處都能看到的大叔長相。正在東張西望找尋時，村井來到身旁喊了她。

順利會合之後，還來不及鬆口氣，又被帶到路人較少的麵包店轉角。

「不好意思忽然拜託妳，其實是有件事想請妳協助。現在啊，我正在調查一個叫『橋本圓』的女高中生下落。她是十七歲的高二學生，聽說已好一陣子沒回家了。學校目前放春假，但是問了學校裡的朋友，沒人知道她上哪去。就在幾乎沒有任何線索時，掌握到她從去年秋天開始打了幾個月工的情報，地點就在立川車站內，聽說是間年輕女孩喜歡的服飾店。要是妳能幫忙找出是哪間店，那就太感謝啦！」

村井從外套內袋裡掏出一張照片。照片裡是一個笑著比出勝利手勢的女孩，有一頭偏褐色的長髮。眼睛圓亮，臉頰豐腴，說起來屬於拉丁系的長相。臉上有化妝，但不到濃妝艷抹的程度。

「這女孩怎麼了嗎？」

「並不是她直接出了什麼事，只是兩個星期前發現了死因可疑的女性屍體，還不確定是殺人事件或意外身亡。我從殺人事件方向著手調查沒多久，就找到了那個過世女性和一個女高中生的合照。」

「難道就是這個女生？」

有著一張圓臉的村井點頭。

「因為穿的是S女學院的制服，所以很快就確定了身分。以我們的立場，當然是想和她當面談談，但她卻不知爲何下落不明。」

村井壓低聲音。日向子皺起眉頭。

「感覺有點蹊蹺耶。」

「是不是？雖說就算知道她在哪裡打工也不能怎樣，還是想先把地點找出來。妳的設定是受那女生的母親所託，正在找尋她的下落。因爲我們不想被對方發現週刊雜誌在調查，這次先鎖定打工的店就好，找到之後也不用深入追究，盡速撤退。」

「假裝我是受女生的母親所託嗎？」

日向子這麼反問。村井端詳著她說：

「信田，妳就算謊稱自己是高中生也行得通吧？不如就這麼說吧。」

「欸？我嗎？你在亂說什麼啊，而且我今天穿這樣耶！」

其實不是今天，是昨天穿上的衣服，因爲昨天是新工作報到的第一天，日向子穿了素面罩衫和西裝長褲。

「換掉就好了。」

「在哪換？而且沒有衣服可以換啊。」

「去那邊買啊，換衣服的話在廁所就行了。包包和鞋子最好也換掉。全部換下來，現在身上穿戴的暫時放在置物櫃裡。」

「所以，是要我去買女高中生會穿的衣服嗎？」

倉促換裝或假扮女高中生都不是大問題，問題是怎麼買。就算可以只買便宜貨，全身上下都換掉是得花多少錢？又不是自己喜歡的打扮，買了也是浪費錢。

「可以報帳。」

「咦？」

日向子不禁大喊出聲，急忙摀住嘴巴。

「真的嗎？」

「妳昨天才剛來，應該要先教妳調查的基礎才對，可是我臨時和人約了，真抱歉。現在先分頭行動，之後再回這裡會合吧。」

日向子再次發出驚呼。

「總之，買東西的錢都可以報帳，不要擔心，儘管買適合的衣物換上，然後展開打聽調查。不必買太花枝招展的，只要看起來像受母親委託的高中女生友人就好。收據別弄丟。對了，她在學校參加的是電影社，個性開朗活潑、成績中等。如果有必要，讓調查對象看照片也可以，但不要拿出公司名片。麻煩妳了，我很期待妳的調查成果喔。」

把自己想講的話講完，村井就揮手離開了。連挽留的時間都沒有，他穿著灰色外套的背影就消失在紛亂的人群中。日向子站在初次造訪的車站大廳裡，嘴裡喃喃自語：

「要我一個人去做嗎？」

沒有人回答。不過，事情當然就是這樣。打聽消息的任務，自己只能帶著倉促獲得的情報，單槍匹馬上陣了。

和前天之前的自己不同。隸屬的部門已經完全不一樣了。

□

立川車站有兩棟共構大樓，日向子走進與村井指示不同的大樓，在看到的店裡買齊裙子和T恤等衣物。雖說隨便買也沒關係，充滿蝴蝶結裝飾與愛心圖案的衣服還是買不下去，最後買的都是百搭又沒特色的款式。再跑一間店買齊鞋子和包包，總共花不到一萬日圓。早知道該挑更貴一點的，內心如此懊惱的自己，眞是生性窮酸。

結帳時請店員剪掉標價，在廁所裡換上之後，按照指示將礙事的東西全部塞進投幣式置物櫃裡。錢包與手機放進新買的便宜包包，再回廁所，看著鏡子裡的自己。姑且不論看起來是否像高中生，至少可能眞的不像社會人士。早上化的淡妝幾乎掉光了，不知該說是悲哀還是徒勞。

移動到目的地的大樓，拿起放在手扶電梯旁的樓層簡介。村井說是服飾店，那餐飲店應該可以不用去了吧。以年輕女生爲對象的店舖集中在三樓和四樓，數了一數，兩層樓各有二十間左右的店舖，加起來就是四十間。該不會這些全都得去問吧？不會吧？

無論如何先上三樓吧。總不能就這樣回家，不知嘆了幾聲氣之後，進入第一間店。走向正在整理衣服的店員，開口的瞬間，對方露出燦爛的笑容：「歡迎光臨！」不不不，不好意思，不是這樣的。

「請問，有沒有一位叫橋本圓的高中生在這裡打過工啊？我是受她母親所託來找她的，因爲她最近都沒回家。忽然來打擾您眞是不好意思。」

台詞脫口而出，但忐忑不安的表情和怯懦的聲音都不是演技。店員睜大雙眼，搖了搖頭：

「應該不是我們家喔，我們家不雇用高中生。」

「這樣啊，打擾您工作眞抱歉。謝謝您。」

低下頭匆匆離去。心想，只要機械式地反覆這樣的問話就行了吧？什麼嘛，比想像中簡單啊。簡直能笑著應付了。

穿梭在迷宮般的走道間，不放過任何角落，強忍著想哭的念頭，走進大大小小店鋪，日向子盡可能找尋看似空閒又親切的店員搭訕。除此之外，有時非從剛才去過的店門前走過不可，有時和店員說話的聲音被隔壁店家聽得一清二楚，這些丟臉的事多得數不清。

會不會有人通知警衛，等一下自己就被抓走了呢？正當日向子打從心底發寒時，終於在四樓某間店鋪聽到對方這麼說：

「妳說的是眞的嗎？」

對方質疑的是日向子所謂「受母親之託」的漫天大謊。那個有著白皙光滑肌膚的漂亮店員，皺起細細的眉毛，用疑惑的眼神望向日向子。日向子心頭一緊，心跳加速。找不到掩飾的話語，也無法思考。怎麼辦。

「因爲我聽她說過，和媽媽處得不太好。」

「欸？」

「之前我們聊過這方面的事。」

和誰？她在說什麼？

「您認識……橋本圓……同學嗎？」

從包包裡抽出一直沒拿出來的照片，一邊留意周遭目光，一邊悄悄出示給店員看。個頭嬌小的店員輕輕點頭。日向子心臟縮得更緊了，手都開始發抖。

「她在這裡打工過？」

或許是察覺日向子眼眶泛淚，店員裝作若無其事的樣子引導她到柱子後方，左右張望之後才低聲說：

「她不是在我們家打工，是隔壁的隔壁那間店。」

剛才那間店的員工什麼都不回答，不苟言笑地應對。因爲對方這麼做也沒錯，日向子只好立刻撤退。

「大概是去年秋天到今年初，她隱瞞了高中生身分在那裡工作。後來好像是被發現就離職了。休息時間我們常在一起，所以和她說過話。小圓離家出走了嗎？也沒去學校？」

從對方的語氣聽來，她並未懷疑日向子的身分。原來自己看起來還挺像高中生的嘛。

「其實我也不太清楚，我們讀不同學校，我是臨時受託來找她的。」

「這樣啊。都沒聯絡確實會擔心呢，終究是女孩子。」

日向子迅速瞄了一眼店員胸前的名牌，上面寫著「岡本」。

「除了和媽媽處不好的事之外，她還提過什麼嗎？」

「嗯……我們多半聊電視節目和衣服的話題，也聊過一點關於男生的事。還有，小圓長得很可愛，好像一直想當模特兒。她似乎考慮參加甄選，說要去上課。她對流行資訊很敏感，比起我們家，應該比較喜歡那家的衣服吧。」

隔壁的隔壁那間店，店名由日向子無法立刻讀出來的英文字母拼成。

「辭掉工作時，她有來和妳打招呼嗎？」

「沒有，她最後上班那天，我正好休假。」

想不出還能說什麼，在露出馬腳之前，日向子打從心底向店員道謝後便撤退了。

因爲村井交代要盡速撤退，決定暫且移動到樓上。抵達餐飲樓層後，日向子走進廁所，坐在馬桶上仰望天花板，這才鬆了一口氣。喉嚨乾渴得很。和村井分開到現在，已經過了三個小時。

傳了電郵給村井，他說那邊事辦完了，馬上能過來。指定的碰面地點是另一棟車站共構大樓一樓。日向子才剛到，村井馬上從旁邊喊了她。他眞是個一混在人群裡就很難發現的人。村井招招手，將她帶進車站一隅的咖啡店。喝了冰茶後，感覺總算撿回一條命。

已在電郵裡向村井報告找到橋本圓打工的店，不過只是簡單帶過，這時村井又仔細問了詳情。將做了記號的樓層簡介交給他，他恭謹地收下。

「眞是幫了大忙呢，能從那位岡本小姐口中問到情報也很感恩。妳眞有兩把刷子。」

對日向子而言，這番話是無上的讚美，稍稍撫慰了三個小時的勞心勞力。

「很辛苦吧？」

說不出「還好啦」，只能垂下眼神。

「直搗第一線的探聽調查是消磨身心的工作，雖然由我來說這話也不太對，但今天有所收穫眞是太好了。其實這份工作經常都在做白工，不管怎麼做都毫無成果。那種時候就得轉換一下心情，不屈不撓、再接再厲。」

「是……」

「無論有沒有收穫，徹底的調查都有其意義。週刊雜誌的內容是由做白工和繞遠路累積而成的，一旦輕忽這些事就完蛋了。」

他說得雲淡風輕，日向子卻不由得反問：

「怎樣完蛋？」

「報導品質會完蛋啊。那些不會被印出來的部分，或是報導裡只提到一、兩句的事，這些工做得愈仔細，整體品質會愈好，一旦對這部分偷工減料，報導的品質就低落了。」

村井喝乾咖啡，笑著說「妳以後就會懂了」。他頻頻望向手錶，接下來似乎還有事。識相的日向子立刻站起來。走出咖啡店時，村井說：「改天再慢慢和妳說明。」

「今天匆匆忙忙的眞是不好意思。我一定會找時間說明的，請再等等。話說回來，信田妳看起來一點也不突兀喔，看來以後可以拜託妳各種任務了。下次再麻煩妳囉。」

直到村井走得不見人影，日向子才領悟到他指的是自己的打扮。現在穿的是全身上下加起來不到一萬日圓的衣服。走回投幣式置物櫃，去廁所換回原本的衣服，傳電郵給主編報告後，得到「辛苦了」、「可以回來了」的回應。

眞是漫長的一天。正確來說，是兩天一夜。日向子感慨萬千地想，才第一天報到就過得如此精彩豐富啊。

走進立川車站驗票口，下樓前往上行列車月台。站在月台上眺望車站大樓，想起照片裡那個女孩。村井說下次再好好說明的，就是關於她的事吧。一次發生太多事，腦袋一時轉不過來。

橋本圓現在人在哪裡做什麼呢？曾在那棟大樓裡打工的高中生。快點回來吧。一定要平安無事喔。日向子滿心這麼想。

千萬不要被捲入嚴重事件，也不要成爲案件關係人，更不要變成印刷品的內容。打從心底希望那張照片不要被刊登在雜誌上。雖然自己捏著冷汗完成了打探情報的工作，還是希望那一切最好是做白工。

上行電車來了，日向子手上除了提著用慣的手提包之外，還提著簇新的紙袋，走進燈火通明的車廂。

□

「天色暗了之後，妳就在山裡迷路了吧？幸好還能下山走到這裡，已經沒事了，進暖爐桌取暖吧。」

「非常感謝您。我這麼厚臉皮，眞是不好意思。」

看到日向子在昏暗天色下出現，這戶人家的太太雖然有點驚訝，但並未露出嫌惡之情，親切地讓她進了家門。正在客廳晚酌的先生把目光從電視上移開，好奇地打量日向子。

「妳說的千石社，就是那個千石社？」

「是的。」

「妳幾歲了？」

「快滿二十四歲了。」

先生露出驚嚇的神情。太太再次招呼日向子坐，她才坐進暖爐桌。

「話說回來，能當《週刊千石》的記者，很厲害呢。妳也要寫這種報導嗎？」

說著，先生轉過身，從摺起的報紙下抽出一本週刊雜誌。可惜，不是《週刊千石》，是對手雜誌。

「我今年春天才剛被分發過來，還在做最基層的工作啦。今天也是，其實大家都知道渡邊先生家和事件無關，只是爲了保險起見，還是得來確認。」

「公司派妳來的？」

沒錯。最近東京都內品川區、神奈川縣川崎市和靜岡縣三島市連續發生女性離奇死亡事件。雖然官方尚未公布，但警方認爲這幾起案件有所關聯。就在不久前，對一個名叫久保塚恒太的二十五歲男子發布了通緝令。

久保塚目前行蹤不明。應該是在逃亡中。新聞多次報導他行經或潛伏的地點，警方卯起來找人。《週刊千石》當然也做了相關報導。

仔細觀察久保塚的過往經歷，十幾歲時曾犯下傷害罪，判處保護管束處分，當時負責照顧他的是一位名叫渡邊和夫的保護官，兩人一起住在新潟市內。後來，久保塚靠朋友的關係去了東京，渡邊在妻子過世後獨自生活，搬回出生的故鄉小村。

山吹掌握到的情報，警察應該也知道，只是沒有重視。渡邊和夫罹患癌症，住在看護機構裡，久保塚看似沒去探望過，也沒有任何聯絡。結論就是「這條線不用追」，對手雜誌應該也這麼認爲。要查久保塚的話，有其他更多更可疑的地點和朋友可查。

不過，按照《週刊千石》的做法，還是得去渡邊後來移居的故鄉村子進行一次確認。即使明知是做白工，也非做不可。這份差事就這樣落到日向子頭上。

「阿渡住進機構是兩年前的事，因爲他原先也是一個人生活，所以那房子早就變空殼了。」

「是啊。」

「欸？你們知道喔？上頭明知如此還派妳來？」

「去確認『絕對無關』也是我們的工作。」

太太要日向子吃飯，她心懷感謝也難以推辭。儘管只是簡單的白飯和漬菜，對現在的她來說都很珍貴。

「妳是叫日向子嗎？日向子平常做的工作都是這種事？」

「是的，基本上都是這樣。」

太太一邊說「好辛苦喔」，一邊端上白飯和燉菜等食物。燉成焦糖色的白蘿蔔看起來十分美味，河魚的甘露煮熬到連骨頭都能吃，醃漬白菜是自家手工做的。太太提議再煎個蛋捲，又跑回廚房去了。日向子急忙喊：「請別麻煩了。」

「還以為週刊雜誌的記者會是更資深、更幹練、能夠寫出長篇大論的人呢。欸，妳也是千石社的正職員工嗎？」

或許還帶有一絲懷疑，先生以打探的語氣這麼問，聽起來也有一點關心的味道。

「去年春天大學畢業後才進公司，不過別看我這樣，也算是正職員工喔。」

「是喔，明明是正職員工，卻在我家吃醃菜、扒飯。」

不是用扒的，是好好拿著筷子吃。不過狀況正如他所說。

「非常抱歉。」

「孩子的爸，人家小姐在吃飯，你別挖苦人家嘛。我們家宏美和啓太說不定也正在哪裡受誰照顧啊，大家都是一樣的。日向子啊……妳父母應該還在吧？都沒說什麼嗎？」

「他們很擔心。」

「我就知道。是啊，我懂他們的心情。一個人跑到陌生地方調查什麼的，我光聽都擔心得不得了。那啥？妳現在調查的，是與殺人事件嫌疑犯有關的事吧？幸好現在待在我們家，在這裡就不用怕那個叫什麼的男人了，他絕對不會來的，這裡很安全。」

這次的任務，就在百分之百的做白工中結束，雖然無法滿心歡喜地說「太好了」，但若真在無人深山裡遇上凶手，倒也很麻煩。萬一和對方撞個正著，事情可就不得了了。或許該慶幸自己只需要做這些基層的跑腿工作。

吃了這戶人家招待的晚餐，就在太太端出香氣怡人的焙茶時，日向子從包包裡拿出智慧型手機和充電器，跟他們借插座。

「等電話可以打了，我馬上叫計程車……」

「現在嗎？」

太太一口茶差點沒噴出來。

「就算去了車站，但是還有電車可搭嗎？」

「計程車不會來的吧，都什麼時間了。」

先生也這麼說。看一眼柱子上的時鐘，才八點多。現在這時間，公司裡肯定還有許多人理所當然地坐在辦公桌前，甚至有人才剛進公司呢。

今天早上，日向子從東京車站搭上九點十二分出發的新幹線「朱鷺３１１」列車，於十點四十九分抵達新潟車站。從那裡轉搭往酒田的「稻穗3號」列車，來到目的地的村上車站時，還不到中午十二點。

萬一久保塚真的有來，一定也會在村上車站下車吧。這麼想著，拿了他的照片給車站人員和小賣店阿姨看。久保塚看起來比實際年齡二十五歲還小，長得還不錯。詢問最近是否看過這個人，大家都歪著頭說「沒有吧」。日向子一邊心想「不意外」，一邊仍是去了站前拉麵店和咖啡店詢問。最後搭上計程車到前保護官渡邊住的地區。

因爲不知道更詳細的地址，只能四處詢問，也按了現在叨擾的柳下家門鈴。那應該是下午兩點多的事。在這裡打聽到渡邊家還在更後面，也聽說那裡已經沒有人居住，但在得知單程只要走三十分鐘之後，日向子決定過去一趟。反正來回只要一個小時，趕得及在天還亮時回來，不料竟然半途迷路，手機也沒電了。

「不管怎麼說，妳要在今天趕回東京是不可能的事。」

「只能明天再說了，明天。」

「住下來就好啦，我們家還有空房，也有多的棉被。」

雖然不知該如何是好，但顯然沒有其他選擇。該接受今天初次見面、素昧平生的柳下夫妻善意，還是走回黑暗中，在可能被野豬或熊襲擊的恐懼中露宿野外？老實說，實質上能選的只有一條路。

日向子把攤放的腳收回來，正襟危坐，左右手掌心抵住暖爐桌面，低下頭，額頭磕在桌面上。

「眞的非常抱歉，請借我一個不會造成兩位困擾的地方棲身。拜託兩位了，這份恩情無論如何我一定償還。」

「哎呀，不需要啦。」

「果然不能小看她呢，還說得出償還恩情這種話。」

聽著他們和藹的笑聲，日向子也嘿嘿乾笑。自己這個誤闖上門的不速之客，可不能老是苦著一張臉躊躇不前，那樣只會讓主人心煩。現在不是哭的時候，至少要能扮演一個給人好感，開朗積極的女生才行。

始終開著的電視螢幕上，連一次都沒有出現新聞快報的字幕。從屋主語氣聽來，那起殺人事件的疑凶應該尚未落網。既然如此，就表示今晚日向子在這裡喝焙茶、吃小羊羹時，《週刊千石》的案件組同事們還在嫌犯可能潛伏的紅燈區或賓館街上四處探訪調查。

其中也包括和自己同組的村井。剛分發到現在這個部門時，在北濱主編的指示下，日向子曾受村井所託，調查了某名女高中生的打工地點。後來，村井讓她看了報紙上的一小篇報導，內容描述某天早晨有人在都內某公園裡發現一名女性倒地，迅速確認女性已死亡後，警方針對意外與謀殺兩方向展開調查。

根據村井的說法，女性的死因是凍死。死者在喝得爛醉的情況下睡在戶外，承受不住凌晨的低溫而喪命。可見即使位處東京都內，還是不能隨便露宿戶外。喝得爛醉也不行。

聽村井這麼一說，日向子立刻把這話銘記在心。聽村井說，當時調查的那個叫橋本圓的女高中生，和這名女性死者很可能有某種關聯。

儘管已掌握到打工地點，後續進展如何，村井並未多說，也沒把這件事寫成報導。日向子默默察覺，那名女性的死可能只是偶發意外，和女高中生的「離家出走」沒有關係。同一時間，已查明山吹負責的模特兒經紀公司社長事件違法經營副業的是另一間公司，很快就會刊登報導揭露此事了。若是這樣的話，村井這條案子就是做白工。

雖然這麼想，但循線追查到這個地步時，卻驚訝地發現兩件事有所關聯。接獲目擊情報，指出公園的女性死者生前曾和通緝犯在一起。兩起不知是事件還是事故的案子，再加上公園命案，就是三件。就日期來說，公園命案這條是最早的。

日向子不由得擔心起女高中生的安危。

那個在立川車站大樓內打過工的女生，現在不知道怎麼樣了。

都來到了新潟，還是找不到任何與久保塚相關的線索，日向子滿懷歉意。一方面這麼想，一方面又吐嘈自己「有什麼好抱歉」的。白跑一趟卻鬆了口氣，她為這樣的自己感到內疚。

手機終於充好電，傳了電郵給主編，兩小時後收到回信——「能找到願意收留妳過夜的人家眞是太好了，要記得好好道謝喔。晚安。」

□

隔天一早，日向子幫柳下太太晾衣服、打掃院子，吃了對方款待的早餐，再幫忙把碗洗好之後，搭乘柳下先生開的車前往車站。回到東京前，應該會接到下一份任務的通知吧。無論那是什麼，都不能放任自己陷入無能爲力的感覺中。就算力量微薄，一定有什麼自己辦得到的事。

「保重，不要太勉強了喔。我們會買《週刊千石》來看的，妳也要多吃新潟米喔。」柳下太太這麼說著，目送日向子離開。

心知當面交給她一定不會收，日向子在昨晚過夜的和室凹間上，放了有清新嫩葉圖案的信封。因爲工作關係，身上經常帶著這類文具用品。裡面放了一萬日圓和短箋。

承蒙兩位相助，真的非常非常感謝。這份恩情永誌難忘。若有任何需要，還請儘管聯絡我。

《週刊千石》編輯部　信田日向子

第2回　爆料的準確度

進公司第二年就調換部門，雖然不是完全不可能，但好像也算罕見。日向子最初隸屬文學出版品的宣傳雜誌，卻在一年後接到人事調動令。調去的部門是公司內部傳說中最血汗的《週刊千石》編輯部，還被編入案件組。

從以前，日向子就認爲《週刊》是稱霸文學界的老牌出版社千石社唯一令她不敢苟同的缺點，一直希望能逃過調派《週刊》的命運，可惜上天似乎沒有聽見她的請求。調動過來之後，做的盡是調查東西、前往第一線打探消息等工作，每天忙得像顆陀螺。

「就這樣？」

「對，毫無收穫。完全沒有。」

「只在雨天出現公園的象男，聽起來很有意思啊。眞可惜。哎呀，日向眞是的，打起精神嘛。」

對自己露出爽朗微笑的目黑明日香，是最熟知日向子個性的同期同事。她在業務部已經第二年了，雖然平日工作也很繁忙，但總是不厭其煩地陪伴突然被調到《週刊》的日向子；除了出於同情之外，大概也因爲對《週刊》編輯部的工作很感興趣吧。

當然，案件調查過程中必須保守祕密，偏偏不知該說幸運還是不幸，日向子經手的都是些最適合拿來配啤酒或調酒的下酒題材。今天也是，憑著聽來的消息跑遍笹塚附近所有的公園，可惜一無所獲。啤酒喝起來特別苦澀。

「都市傳說也不斷進化呢。上禮拜還在傳『哭泣的假人模特兒』吧？說什麼百貨公司櫥窗裡的假人模特兒每天晚上都會落淚，那個挺不錯的。」

「那很普通吧。」

「別這樣噘嘴嘛。日向生氣的臉看起來就像在耍賴的小學生喔。我們再加點吧，妳喝啤酒可以嗎？」

明日香愉悅地朝店員招手，日向子無動於衷，嘆了今天不知道第幾口氣。

四月調動至今，在上面的命令下，調查了行蹤不明的女高中生曾經打工的地點，也針對某游泳俱樂部的內部檢舉進行調查，還調查過老牌旅館的新舊老闆娘之爭，以及重大刑案嫌疑犯的潛伏地點等，雖然還是菜鳥一隻，也算奔波跋涉了不少地方。

埋頭苦幹了兩個月，感覺今後的日子只會過得更加暈頭轉向，但也差不多想試著自己提出企畫了。不是出於想大顯身手的積極理由，只因每天忙著處理被丟到頭上的雜務，對身心造成了意想不到的損耗。聽到任務內容時，忍不住發出錯愕的「欸？」這種出人意料的疑惑實在太多了。說不定自己還來不及強大到習慣這些事，神經就會先磨損斷裂。

在變成那樣之前，爲了減少接收忽然掉到頭上的突兀任務，最有效的方法就是自己提出企畫。只要找尋可能寫成報導的題材並說服主編接受，就能用自己的步調做事了。一旦手頭有需要去做的企畫，漸漸就不必再聽別人指示跑腿了吧。

想通了這點之後，日向子開始尋找可能寫成精彩有趣報導的題材。只是，這種東西可沒想像中好找。

「都市傳說這種題材本身就太氾濫了，不如不要堅持做這個，回到原點，想些不一樣的企畫，如何？」

「妳說誰，我嗎？那我就直說吧，我這裡什麼能做的都沒有。」

現在的部門，各小組每星期都要開會討論，每個人得在會議上提出可能寫成報導的五到六個題材。即使提案通常全軍覆沒，但要是以為反正都會被駁回，隨便提提就好，下場可會相當悽慘。不是被深入追問到無話可說，就是被主編直接說「那就照這樣去做」，把提案的人嚇得臉色發白。

然而，就算想仔細規畫題材，一個月有四個星期，等於要提出二十個題材。過了兩個月的現在，算算已經提出四十個題材了。無論是隨便提提，還是仔細規畫的題材，要再想出新的點子是愈來愈難。

利用工作空檔時間去家庭餐廳時，日向子開始盯著服務生的制服看，心想要是銷售制服的廠商有什麼祕辛就好了，但又找不到放出類似消息的網站。搭乘電車移動時，又會凝神注視車廂裡的廣告，可是就算抄下商業雜誌的標題，也無法從中拓展出任何想法。下班回家泡澡時，靠在浴缸邊緣回想一整天發生的事，能想到的題材也只是瑜伽教室教練與人妻的情慾糾紛、有性騷擾傳聞的牙醫，或聚集了各種高貴名牌犬的公園等，每個聽起來都少了點吸引力。結果也確實都被上面這麼說著駁回了。

「別說那種無情的話嘛。什麼都可以啊，要是有聽到覺得『這個不錯』的話題，或是腦中浮現任何靈感，一定要馬上告訴我喔。朝四面八方豎起天線！」

「好啦好啦，不過啊……」

「怎樣？」

明日香報以欲言又止的視線，日向子再次噘起嘴：

「妳可別說些要我面對嚴苛現實的話喔。」

「不是啦，我是想說，還沒進公司前，我一直以爲週刊雜誌是外面的人做的呢。」

「外面？」

「就是外包啊，在報導這行磨練許久的高手們。我一直以爲週刊是由這樣一群精力十足、不屈不撓、一針見血的人做出來的。」

幾天前日向子的母親才說過類似的話。她說，沒想到那種週刊雜誌也是由千石社的正職員工做的。日向子老家在千葉縣內陸，現在自己在東京租一間小套房。做媽媽的雖然不是每天盯著女兒的工作狀況，從電話中的語氣和電郵裡的文字，就能清楚掌握女兒現況。經常打了電話還是找不到人，好不容易聯絡上又總是深夜，而且語氣異常低沉。聽到女兒說出「我正在盯梢」這種話，就算不是父母也會皺眉。

「還以爲妳進了正經公司，能好好上班，怎麼做的事情和刑事劇裡的人沒兩樣啊。」

被媽媽這麼一說，什麼也無法反駁。或許她說的沒錯，日向子也只能姑且做出解釋：

「因爲是我們公司出的週刊雜誌啊。」

「那種工作交給更資深的人去做不就好了嗎？比方說，長得像碇矢長介和武田鐵矢加起來再除以二，一看就社會歷練豐富的硬漢，這種人才有本事揭發社會黑暗面、鏟奸除惡吧。畢竟妳們追查的對象也都不是省油的燈，像日向子妳這種小丫頭，是能做什麼？」

「還是有我能做的事啦。老手去上廁所的時候，就由我代替他把風，我也會幫忙去買性能更好的錄音筆，或是實地探訪調查對象說的店是不是眞的存在之類的啊。」

「那種事何必要正職員工去做？請工讀生就行了。如果換成電視台，妳就是場記了吧。」

別把我們和電視台混爲一談好嗎。

「是說，妳不只從早忙到晚，根本是忙到深夜，一個不小心還要熬夜。這樣身體撐不住吧。」

「我有休假啦，別擔心。現在我還是最菜的小菜鳥，等學會訣竅後，就能按照自己的步調工作了。」

「所以，我的意思就是，那類工作交給把碇矢長介加武田鐵矢除以二的……又重複說一樣的話了啦。總之，普通的千石社正職員工為什麼要那樣一邊啃著紅豆麵包一邊盯梢，又為何要到處打探消息到鞋底都磨平的地步啊？妳該不會還要跟蹤調查對象吧？跳上計程車說『請跟著前面那輛車走』之類的？」

母親腦中的想像，就某種意義來說也很好理解。她就是無法明白，本該在出版社當普通粉領族的女兒，為什麼過著這麼亂來的生活，不管晴天雨天都在城市裡四處奔波，昨天人還在札幌，今天就到了福岡。

「要是男人也就算了，日向子妳是個年輕女生，如果公司要妳做的工作是半夜跑去那種燈紅酒綠的店，妳一定要拒絕喔，萬一眞的發生什麼事就太遲了。」

被媽媽這麼怒吼又無法反駁，感覺就像回到學生時代。日向子匆匆丟下一句「知道了」，就掛斷電話。

眼前的明日香比母親更熟悉公司狀況，正因如此，日向子對她的疑惑更有共鳴。

日向子進公司前想法也差不多。總以為週刊雜誌是由這一行的專家發揮特殊技能製作的特殊雜誌，無論掏出名片的手勢，或使用錄音筆的方式，都有一定的架式吧。作夢也沒想到，像自己這樣從未有過跟蹤或問話經驗的二十幾歲小姑娘，竟然也能跟著大家行動，縱使還不成氣候，也算參與了雜誌的編輯工作。直到現在，日向子自己都還難以置信。

「爲什麼千石社要發行週刊雜誌呢？」

日向子一邊嘆氣一邊這麼說，明日香深深點了點頭，身子往前探，彷彿顧忌周遭耳目似地壓低聲音說：

「前輩說過，沒有人是爲了編輯《週刊千石》來我們公司的。」

「是喔？不管怎麼說，我也不是爲了這個。」

「想想看嘛，如果是以成爲報導者爲目標的人，就會去報社。出版社或許也有可能成爲報導者，但那種情況多半做的是紀實類雜誌或書籍吧。誰會想進入週刊編輯部，整天在政治家和銀座媽媽桑的幽會地點盯梢？誰會想寫年輕演員和偶像歌手路邊接吻的新聞？」

她說的確實有道理。

「我當然知道週刊是公司的搖錢樹，大概因爲這樣才會持續出版吧。但如果只是想出雜誌，把編輯工作外包出去也可以啊。爲什麼非要推不想做這些事的正職員工去做呢？」

「我媽也這麼說，她說我那些跑腿的工作請工讀生就夠了。」

「是不是？」

「我現在做的，眞的是誰都能做的事。」

所以那些工作才會落到自己頭上吧，因爲不需要任何特殊專長。按照上頭指示造訪某人家，按下電鈴詢問上頭要自己問的話。多的時候一天跑二、三十戶，雖然辛苦，但也沒有比這更單純的工作了。

「日向已經寫過報導了吧？那不是誰都能做的事啊。」

「喔，妳說那篇報導喔。」

以「因爲妳已經進公司第二年」爲由，忽然被指名撰寫，經過一番艱苦奮戰才完成的小篇方塊文章。內容描寫老牌旅館舊館與新館之間的大小老闆娘鬥爭，根據得到的情報指出，連投宿旅客都被捲入兩人的糾紛。爲了調查這件事，日向子親自去了旅館一趟。花了整整兩天，從該旅館員工到附近土產店店員、經常出入旅館的洗衣店員工、計程車司機等人，全部搭訕過一次，費盡一番工夫調查。

雖然沒有得到驚天動地的收穫，但是帶著調查成果打道回公司時，主編卻要求日向子將內容寫成一篇報導。日向子用數位相機拍的照片也獲得採用，這篇報導被收錄在名爲「新舊之爭」的特輯中。

《週刊千石》裡的一般報導通常不會掛名，日向子寫的文章當然也是如此。只是，負責的案件獲得刊登，內容又是自己寫的，這不爭的事實依然令人內心竊喜。儘管一想到每天做的瑣事又覺得沒什麼好開心的，否則自己也太單純了吧，可是，行經車站零售店或便利商店雜誌架時，目光仍總是情不自禁地飄過去，也會偷看站著翻閱雜誌的客人正在看什麼。在咖啡廳裡看到有人拿起《週刊千石》，又會忍不住打量是些什麼樣的人。

這種心情是怎麼一回事呢？

今後，自己一定會把這一期雜誌和那一頁報導珍藏起來。說不定，一起珍藏的還包括一份成就感與自傲。

在前一個部門時，負責編輯的手冊也曾刊登自己寫的稿子。這次比那次興奮的原因又是什麼呢？提供旅館題材的是前輩，自己不過是代替忙碌的前輩去採訪，撰寫的文章才有機會獲得刊登。下次一定要試著主動掌握情報，寫出屬於自己的報導。那樣或許才能夠體會到貨眞價實的成就感。

□

和明日香一起吃晚飯的隔天，日向子懷抱著嶄新的雄心壯志去上班。但是，明明該致力於提出新題材，等著她的卻是各種力不從心。

主編給的指示是「暫且在公司待命」，除了幫忙結算差旅費等行政工作之外，同時還要一邊調查東西，一邊兼任接電話的接線生。

這個接線生可不好當。

現在這個時代，個人對個人的聯絡多半直接打手機，會打到編輯部來的電話都是外人，而且幾乎都是讀者。如果是打來傳達讀後感想的，那倒還值得感恩，即使很少，也不是沒接過打來讚美的電話；把內容恭謹地抄下來交給責任編輯，對方就會很高興。只可惜，電話那頭多半是「那篇報導是怎麼回事？」的斥責。

有人擺明打電話來吵架，劈頭說個沒完或怒吼、威脅，各種鬧場方式都有。其中也有人打來啜泣，或是哭喊「刊登那種內容未免太過分了吧」。要是愣著不回嘴，對方又會罵「你倒是說兩句啊」。然而，不管說什麼都會被罵。安撫也會被罵，解釋也會被罵。

「叫總編來聽」、「寫這篇報導的是誰？叫那傢伙來聽！」這種的也常有，不過總編永遠不在座位上，不方便回電，也不能告知撰寫報導的人是誰。當然更不能洩露情報提供者的身分。報導內唯一掛名的是攝影師，於是有人會跑來指名攝影師接聽電話，這個也不能答應。

只能說，「這樣啊，您的意見我們明白了。」「這個可能沒辦法承諾您。」「非常抱歉。」「這是規定。」「我會轉達。」「請見諒。」「非常感謝您。」「很遺憾，失禮了。」

被擅自掛電話是常有的事。就算聽見日向子拿著話筒嘆氣，其他坐在座位上的編輯也不會多看她一眼。有時還有讀者打電話來抱怨雜誌裡刊登的照片拍到自己，還有人說這是侵犯了肖像權，要求公司將當期雜誌全面回收或支付刊登費。

日向子不慌不忙、不急不徐地翻開對方說的頁面確認，通常不是模糊得根本分不出眼耳口鼻，就是對方連拍攝地點都說錯，馬上露出馬腳。要是對方繼續堅持有被清楚拍到，只要說會請雜誌社的顧問律師與他聯絡，請對方提供聯絡方式，電話那頭就會忽然開始打馬虎眼。

除了打來罵人的，偶爾也有打來預告放炸彈、攻擊伺服器或宣稱要殺害編輯的殺人預告等驚悚來電，只要告知電話都有錄音並將報警處理，大概都會馬上掛斷。只有判斷不是單純惡作劇的情形，才需要向主編報告。

除了對雜誌內容的反饋外，打來提供情報的電話也不少。這類電話花樣也很多，有說自己是某國間諜即將回國，想在回國前提供驚人機密的，也有說竊聽到某知名企業員工性騷擾對話內容的，還有說看到流浪貓叼著類似人類手掌的東西，或說某小學游泳課女老師穿了比基尼去上課的。

再怎麼小心過濾假消息，日向子這個每週都得提出報導題材，正苦於點子不足的菜鳥編輯，接到這類電話時，總像捉住救命稻草似地，忍不住聽起來。

間諜和比基尼姑且不論，聽到流浪貓叼著可能是人類手掌的東西時，拿著話筒的手指就會不自覺地用力捏緊。那很可能是遭分屍的屍塊，被小動物或鳥類帶走了。至少聽起來比間諜什麼的更可信。

準備好紙筆，請對方描述詳情，在哪裡看到？時間是什麼時候？貓的種類是哪一種？被叼住的手掌狀況如何？對方聲音聽來是個成人男子，回答時也不是一口氣說出來，斷斷續續的語氣反而更像一邊回憶當時狀況一邊描述，日向子不由得暗自激動。萬一那眞的是人類手掌，等在眼前的就是可怕的現實了。男子會欲言又止，發出苦思的聲音也是可以理解的事。

不過，聽到他說走在圍牆上的貓忽然發出喵嗚聲時，日向子就開始狐疑了。聽到這裡，她疑惑地「嗯？」了一聲。男子說自己在巷子裡，貓則在路旁的圍牆上。如果貓開口發出叫聲，是不是得先把嘴裡叼的東西放下來才行？就算只是手腕到指尖的範圍，人的手掌對貓來說還是很大，好不容易用力咬住了，會爲了叫而特地放開嗎？

男子還說，看到那隻手的無名指上有像戒指的東西。他剛才說分不出是女人的手，還是男人的手，卻又說看得清楚手上戴著戒指？

爲了不觸怒對方，日向子謹愼選擇遣詞用字，問男子那有沒有可能只是假人的手？結果遭到對方極力否認。

「那是人類的血肉之軀，不會有錯。不但軟趴趴地下垂，我還看到剖面……變成紅褐色。一定是經過一段時間了，所以沒有在滴血，血液凝固了。我光想起那一幕就想吐。有一股難聞的氣味喔。我剛才有說那是隻瘦弱的白貓嗎？貓身上的毛有多處髒污，說不定不是沾到泥巴，一定是污血。在叼走散落地面的屍塊時沾到的吧？」

想像起來，那畫面相當寫實驚悚。等一下，等一下。

「呃……所以您是在巷子裡，看到貓走在圍牆上，對吧？您說看到類似戒指的東西，這麼說來，手指是朝您所在的巷子這邊伸囉？如果是這樣的話，手腕剖面應該會在相反側，站在巷子裡的您照理說看不到才對……」

沒有回應。過了一會兒，男子才囁嚅地說：

「但我就是看到了。」

「要怎樣才能看到呢。」

「或許中間轉向了吧。對啦，一定是這樣。起初手指朝這邊，接著換剖面朝這邊。」

「一隻瘦弱的貓叼著手掌在圍牆上轉身嗎？途中還先把手掌放下一次，張開嘴巴喵了一聲？」

日向子咬著嘴唇沉思，縱然無法說絕對不可能，可悲的是男子說的話愈來愈不可信。眞的很悲哀，可惜了。

「或許沒有喵喵叫吧，戒指也可能是我看錯了。眞奇怪，我明明記得看見了，再說貓本來就會叫。」

男人嘀嘀咕咕，不等日向子回應就兀自掛斷電話。

只剩下寫到一半的筆記和徒勞無功的感受。

僵在位子上時，背後傳來前輩的聲音：「妳在幹嘛啊？」於是將剛才的對話告訴他，前輩聳聳肩。

「那人可能是慣犯喔，無法區別現實和幻想的人，他應該以爲腦中浮現的畫面眞的是自己看到的，所以和普通惡作劇不一樣，聽起來莫名有說服力。」

「是喔——」

日向子拖長語尾，發出不中用的驚嘆。那這種人豈不是比打來惡作劇的人更麻煩？

「正因爲也會有這種人，接線生，妳要好好把關囉！」

結論竟然是這樣。

□

沒有週刊雜誌其他接觸管道的人，手上若有情報想提供時，還是只能打電話。有下定決心的密告，有無論如何都放心不下的身邊事，也有懷疑是案件，希望週刊展開調查的事。儘管一再告誡自己不可懷抱太大期待，但還是很可能從這些情報中挖到金礦。

那天傍晚，日向子接到的電話就是如此，不是讀者打來抱怨，而是提供情報的電話。

「妳知道偶像團體ＴＴ嗎？」

話筒另一端的人這麼一說，日向子立刻點頭。所謂「ＴＴ」是「Twinkle Twenty」的簡稱。那是一個由二十個可愛女生組成的人氣偶像團體，連不熟悉偶像明星的一般人對她們也不陌生。只要出新歌一定攻占排行榜冠軍寶座，從戲劇到廣告，打開電視沒有看不到她們出現在螢光幕上的日子。

「我想提供的，是關於成員眞都美眉的事。」

聽到這句話，日向子睜大眼睛。話說回來，其實她戴著眼鏡，周圍也沒人注意，大概誰都沒看到她睜大眼睛吧。不過，腦海中倒是清楚浮現一個女孩的形象。

「您指的是石川眞都美嗎？」

「對，妳知道她嗎？那就好說了。」

太好了。握住話筒的手暗自使力。

「眞都美眉怎麼了嗎？」

「我有……她的照片。」

日向子屏住呼吸。照片……難道是……

告訴自己稍安勿躁，不可衝得太快，也不能抱持太大希望。否則要是被騙就糟了。

小心不被對方聽見自己喘了一口大氣的聲音，日向子坐回位子，操作鍵盤，在網路上搜尋「石川眞都美」。另一方面，小心翼翼地對電話那頭的人說：

「請問是什麼樣的照片呢？」

對方是男性。仔細傾聽時沒聽到背後有任何雜音，由此可知他應該在室內。時間是下午四點四十五分。對方大概是學生吧。

「我們交往過，是當時拍的照片。」

「咦？」

「我也不想做這種事……但是經過多番思考……無論如何還是……」

「你的意思是，你手上有眞都美眉的私人照片？」

「就是這個意思。」

「如果你手上有好幾張的話，可以先給我看一張嗎？」

不再兜著圈子說話，希望能先看到具體證據。

「要怎麼給妳看？」

「我可以給你我的電子郵件地址，請寄到那邊。或是告訴我你的電郵地址，我現在寄一封空白信過去，你只要回覆即可。」

沒回應。對方大概在考慮。

「我答應你，現在寄過來的東西絕對不會拿來用。只是爲了進一步詳談，必須先做個確認。」

還是沒回應。日向子決定退一步。

「這樣吧，我先寄自己的名片和照片給你，也好讓你安心。如何？」

這並非前輩傳授的訣竅。真要說起來，這也不是會有人傳授訣竅的職場。雖然有問必答，但大部分狀況都在來不及問時就遇上了。今天這個狀況也是。

突如其來的事態，讓日向子拚了命地轉動腦筋思考。對方是普通民眾（應該），如果他是第一次打這種電話，當前最重要的，就是消除他的不安。自己的名片平常都在外面到處發了，至於照片，反正也沒有隱瞞長相的必要。

就算是假消息也沒關係，只要追問到確定是假消息就好。

「名片和照片？」

「對，知道長相也比較好說話吧？敝姓信田，對了，你是用手機打來的嗎？要不要改用LINE？要不然電話費很貴吧。」

過了一會兒，對方才吞吞吐吐地給了一串數字。日向子抄下數字，告知對方將先掛斷電話再重新打過。響了兩聲接通，這才鬆了一口氣。把號碼輸入自己的手機，這樣就能和對方用LINE聯絡了。

立刻當場拍下名片，和自己的照片一起傳送過去。畫面顯示已讀，也繼續保持通話狀態。

「信田……嗯……」

「日向子。」

對方回答「是唷」的聲音聽來有些稚嫩，大概不是國中就是高中生吧。根據匆忙搜尋的結果，石川眞都美剛滿十七歲，今年春天升上高二。她加入TT是兩年三個月前的事，也就是國二那年的三月。

日向子眼前的電腦螢幕上映出眞都美可愛的笑容。即使團體多達二十個成員，她受歡迎的程度仍排得上前幾名，不但組成以她為中心的小團體，也拍了不少廣告。

「關於眞都美眉的私人照片，你可以先寄一張過來嗎？什麼樣的照片都可以。」

「請答應我一定不會拿去用。」

「好的，別擔心，我答應你。」

屏氣凝神等待了一會兒，日向子的LINE畫面上出現一張照片。那是一個看似正在拆禮物包裝紙的女孩。這是石川眞都美本人嗎？不太能確定。是個長得很可愛的女生沒錯，但看在不熟悉偶像明星的日向子眼裡，可愛的女生都長得差不多。

「這是國一時拍的照片。」

對方在電話裡這麼說。

「那就是參加甄選會前囉。你和她讀同一間學校？」

「對。」

問了學校名稱，也符合她的家鄉所在地。爲了保險起見，日向子又用迂迴的語氣問：

「你以前該不會是眞都美眉的男朋友吧？」

「喔，嗯。」

「是在她出道前，還是國中生時的清純交往嗎？和其他朋友玩在一起的那種？」

這樣的話就不算醜聞了吧。只要是可愛的女孩子，一定從小就很受異性歡迎。不知該說可惜還是鬆了一口氣，雖然很想抽到上上籤，但是看著螢幕裡那女孩，眞不希望用黑色奇異筆塗掉她美好的笑容。

「我們是男女朋友的關係喔。」

「什麼？」

「所以我手上有很不得了的照片。《週刊千石》願意出多少錢買呢？」

日向子心中暗自嘟噥。

你嚇到大姊姊了。

□

掛上電話，懷著焦急的心情等待主編開完會，等他一回辦公室，立刻上前將他拉到人少的角落。

這位可是曾因踢爆重量級政治人物情婦醜聞一炮而紅的主編，雖然外表像個碎嘴型官僚，看起來很神經質，其實是個老把「過程不重要，重要的是結果」掛在嘴上的不拘小節之人。聽了掌握到驚人情報，名副其實地把筆記紙捧在胸前的日向子報告之後，主編揚起嘴角一笑：

「喔，聽起來不錯嘛。」

日向子露出「就這樣？」的表情。

「TT的石川眞都美，暱稱眞都美眉，您應該知道吧？」

「當然知道啊，她可是頂尖偶像。到目前爲止還沒鬧出任何醜聞，不錯喔。日向掌握的消息如果是事實，我們雜誌是一定要做這條的。」

「我想也是。」

一邊點著頭，臉上卻蒙上一層陰影。

「怎麼了？」

「原來眞的有這樣的男人啊，竟然出賣過去交往過的對象。」

「現實似乎就是如此，世上各種人都有嘛。」

「太過分了。您不認爲這太過分了嗎？要是所謂不得了的照片曝光了，眞都美眉下場大概會很慘吧。」

從原本的清純派偶像跌落神壇，變成和男人做過各種事的女孩，一定會失去歌迷的信任。難以估計歌迷們會有多失望。工作勢必受到影響，一個不好，可能還得退出團體。小團體大概必須解散了。失去廣告代言，原訂主演的電視劇也會被換角。想到這一切都肇因於前男友的背叛，日向子不由得一陣惆悵。

「我先把話說在前面，那些都不是日向妳該擔心的事。現在妳不要去想那些有的沒的，只要專心做一件事，那就是盡快從爆料者手中拿到證據。怎麼樣？沒自信做好的話也可以找其他人代替妳。」

「我可以的。」

不假思索地脫口而出。「我要做，請讓我做。」再次這麼拜託了主編，語氣堅定得連自己都不知道哪來的勇氣。

每本週刊雜誌都會刊登偶像明星的八卦新聞，次數頻繁得像家常便飯。《週刊千石》當然也是，只要接獲A明星和B明星經常在C餐廳碰面之類的情報，就會先著手調查兩個明星最近的行程，找出兩人同樣都在東京的日子，花好幾天時間盯梢。

有時，好不容易等到當事人現身了，卻被路人或行道樹遮住而無法拍照，或是盯梢的人被發現，之後就再也等不到他們出現了。此外，有時當事人在雜誌出刊前就先承認交往，有時經紀公司還會故意放出與其他人交往的傳聞，讓整件事不了了之。

有些爆料者會拿決定性的照片來兜售，但是最近攝影合成技術提升，爲了不買到假照片，必須加以層層檢視。萬一刊登了假情報，可就不是道歉了事這麼簡單，一個處理不好，連總編都可能被炒魷魚。

日向子的前輩山吹說：

「這就是編輯部需要這麼多員工的原因。」

「因爲不知如何處理爆料情報，」去找山吹商量時，他這麼說。

「既然進入這間公司，員工當然希望能在這裡穩定工作幾年，甚至好幾十年吧。這麼一來就不會衝動行事，不會爲了勉強提高自己評價而刻意挖掘大新聞，也不會只想幹一票大的就算了。就『避免刊登假消息』這點來說，是個相當有效的遏止方法。」

「喔……」

一時之間沒聽懂他想說什麼，日向子發出疑惑的聲音。吃著編輯部準備的便當，山吹面露苦笑。

「當了一陣子接線生，日向應該也發現了吧。每期雜誌出刊後都會有很多人打來抗議，說我們雜誌的內容胡說八道、虛構瞎扯。就算是經過縝密調查的正確內容，不想相信的人還是會堅持那是胡說。要是眞的刊登了莫須有的謊言，後果一定更不堪設想。爲了避免吃上官司，只要是無法取得證據的報導，我們就不會刊登。當初被分發到這個部門時，其實我也很驚訝，沒想到週刊的採訪查證工作做得這麼確實。以前我還以爲週刊報導的都是空有臆測沒有證據的內容呢。」

日向子點頭，自己也曾這樣想。

「所以，假設日向是個即將約滿的特約記者好了。妳正面臨寫不出獨家報導就無法續約的窘境。在這種前途不穩定的時候接到同樣的電話，妳會不會很想相信情報提供者手頭的照片是眞的？就算對方的言行舉止多少有些可疑，就算妳察覺到不對勁，會不會因爲實在太希望情報是眞的，就不把可疑的地方報告上去？反正寫假新聞也會丟掉工作，寫不出獨家報導也會丟掉工作，對妳來說或許都一樣？這就是可怕之處，對週刊來說很危險。」

山吹的比喻簡單易懂。要不是奇蹟似地拿到內定進入千石社，自己恐怕得拚了命才找得到與出版勉強相關的工作。爲了保住飯碗，爲了不失去那份工作，就一定得看著包括主編在內的各種人的臉色，死命做出一番看得見的成績才行。

有幸成爲正職員工之後，起初也對千石社竟然出版這種八卦雜誌感到不屑，爲被分發到這裡的同期同事感到擔心，得知他搞壞身體時心生憤慨。然而，一旦輪到自己被分發過來，日向子也不敢拒絕，只能表面上乖乖聽從公司命令。在公司裡受到來自四面八方的激勵，前輩們侃侃而談自己的經驗，連失敗經驗都得意洋洋地掛在嘴上，這也讓日向子感到不可思議。

若說這是個辛苦的部門，想必沒有人會反對。但也或許正因爲如此，讓隸屬於這個部門的人產生了革命情感。

「可是，盯梢時去幫忙跑腿買吃的，或是挨家挨戶按門鈴打聽消息，這種事即使不是正職員工也辦得到吧。」

日向子將這段時間的疑問說出口，這也是母親一再挖苦的內容。山吹不假思索地做出回應：

「不過，盯梢的內容和打聽消息的目的，全部都有好好向妳說明，不是嗎？那些都不是能隨便告訴外人的事喔。」

確實如他所說，儘管調來這裡的第一天就被派去調查事情，但是，無論調查目的或原因，都有一一告知。就算當場說的不是很詳細，只倉促說明了幾個重點，日後一定會再找時間仔細說明，也會告知同一件案子的後續進度。案子最後是否寫成報導，日向子也都很清楚。

因爲自己是千石社的正職員工，所以才能獲得這種待遇，即使只是個不成氣候的菜鳥，還是能被視為團隊的一員。聽山吹這麼一說，日向子才察覺自己一直把擁有的視為理所當然，不由得一陣羞愧。

山吹喝礦泉水，村井喝日本茶，椿喝烏龍茶。記住每個人的喜好，去便利商店跑腿買飲料，這種事確實誰都做得到。但是，他們每個人對自己正在調查的案子都有保密義務，不能洩露給外人，而這恐怕才是最最重要的事。

「當然，團隊中不只正職員工，也有約聘記者。但是，包括他們的工作能力在內，正因為我們信任對方，才請他們和這個團隊一起工作。他們是工作上值得信賴的重要夥伴，可不是隨便什麼人都好。」

腦中浮現村井和椿的臉。他們不只深受主編信賴，也因和正職員工不一樣，沒有部門調動的問題，因此比正職員工更熟悉週刊雜誌的一切，在這份工作上累積了豐富的經驗。他們一定早就下定決心，要靠這份工作養活自己吧。為了持續下去，絕對不能背叛夥伴的信賴。

「我以前還以為只要有人上門兜售情報，週刊就會全部買下來做成報導。」

「要是真那樣就輕鬆囉，一點也不費事。從頭培養連探聽消息的『探』字都不會的外行人，反而沒效率。」

「但是，把工作全部外包出去也有風險？」

「就是這樣沒錯。」

山吹笑著點頭。

「那樣風險太大，大到不値得去做。」

上門兜售情報的人，有可能只是爲了賺錢而編造假消息，也可能把同樣的情報拿去賣給競爭對手。其中也有人會洩露各家雜誌的動向。雖然不是每個上門提供情報的都是壞人，一旦週刊敷衍了事，未經查證便刊登充滿謊言的新聞，總編就等著被炒魷魚吧。

因此，就算跟監和盯梢的技巧拙劣，還是得靠値得信賴的自己人親自行動，取得證據或證詞。每一篇刊登在雜誌上的報導都得提出公開透明的資訊，否則很難判斷是否有刊登價値。

這就是原因。

日向子下意識地咬住嘴唇。就算有些正職員工因爲跟不上週刊雜誌的做法，承受不了挫折而放棄這份工作，週刊還是不能改變現在這個做法，原因就在這裡。

「不要想得太複雜比較好。雖然我現在說了這麼多，日向調過來也才兩個月，盡量按照自己的感覺去行動吧。更何況妳還掌握到一個這麼有趣的情報。」

「這個案子眞的可以交給我去進行嗎？」

「主編說可以，不是嗎？」

「當時我憑著一股衝動說自己要做，可是萬一眞的是偶像明星的醜聞私照……」

山吹將便當裡最後一片魚板放進嘴裡。

「首先得確認照片的眞假，拿到照片再說吧。為了達到這個目的，妳要巧妙地接近情報提供者，取得對方信任，讓談判朝對我們有利的方向進行。」

日向子苦惱地歪了歪頭，沒有自信。自己眞的辦得到嗎？

「既然說了要做，就加油啊。主編一定也認爲妳辦得到，才會把案子交給妳。」

「先消除對方的猶豫，如果他還在猶豫就想辦法說服他，讓他拿出照片，對吧。」

「嗯，以流程來說是這樣沒錯。」

「可是，萬一那照片是眞的，眞都美眉就無法再當偶像明星了吧。私底下的醜態暴露在全日本人面前，因此受歌迷怒罵，被人從背後指指點點，說不定還得退出團體。一個年輕女孩將從此跌落黑暗深淵，我們不但沒有阻止，反倒推了一把，這樣眞的好嗎？」

聽了日向子的疑慮，山吹不自在地扭轉身體，聳了聳肩膀，視線在半空中游移，嘴裡發出「嗯唔……」的嘟噥聲。

「我說，決定要不要寫成報導或要不要刊出照片，是主編和總編的工作，妳只要把掌握到的情報具體呈現出來就好。這才是妳的工作。不要發牢騷了，得專心做好這件事才行。」

說了和主編一樣的話，山吹俐落地收拾好空便當盒，站起身來。拍拍日向子的肩膀之後就快步離開了。

結果，好像還是沒問到具體該如何進行。察覺到這點時，山吹已經走出去了。

日向子回到自己的座位上，嘆了口氣，仰頭望向天花板。

「去和他見個面看看吧。」

現在最重要的有兩點。一是拿到可能被寫成報導的照片，二是搜集更多能判斷照片眞假的材料。

非做不可的工作明確擺在眼前，不能只是等對方聯絡，自己也得積極行動才行。那個男孩到底是不是眞的和石川眞都美交往過，總覺得見到面之後應該能直接釐清很多事。

不管怎麼想，都該先和他見面。看看時間，已過晚上八點。傍晚接到電話至今都過了三個小時，怎麼現在才想到該這麼做呢。

「不振作點不行了。」

抓起手機，不再磨蹭，立刻撥了傍晚時輸入通訊錄的那個號碼。沒人接，直接轉往語音信箱，於是日向子報上姓名，並表示會再打來。

同一時間也在LINE上傳了希望能先見一面的訊息，不知道明天是否方便？請指定有空的時間和地點。

很快看到訊息標示已讀，可見手機就拿在他手上。既然如此，剛才應該也能接電話才是。這麼說來，對方也在謹慎觀察這邊如何出招。

等了一會兒，傳來「明天五點左右可以」的LINE訊息。日向子想起傍晚時問了他從哪所國中畢業，打開地圖找尋那附近的家庭餐廳，列舉了幾間候補。又過了一會兒，對方指定在其中一間碰面。

「很好！」

回過神來才發現脖子上都是汗。過去也曾有幾次和陌生對象約定見面的經驗，卻是第一次流這麼多汗。

在上頭命令下東奔西走的日子很辛苦，所以想盡快執行自己的企畫、想按照自己的步調行動。然而，實際做了才知道，剛開始就累得氣喘吁吁。

明天也是單獨去家庭餐廳和對方見面，應該不會有同伴。如果是母親擔心的那種場面也就算了，約定時間天還沒黑，地點又是明亮的餐廳，一點危險都沒有，而且也不是第一次單獨去見情報提供者了。

但是，這次和以前完全不同。不管過多久，呼吸依然激烈起伏，平靜不下來。

爲什麼會這樣？不希望一切只是一場空，不希望只是胡扯的假消息。但另一方面，也非常不願在十七歲女孩的生命裡添上一大道傷痕。不願親手將她推落地獄深淵。

怎麼辦？至今奉命做了不少工作，也調查過下落不明的高中女生原本打工的地方。現在回想起來，那已是很不容易的工作，說得誇張一點，可能事關女孩的生死。

日向子朝同一小組的村井座位望去。女高中生橋本圓還是一樣行蹤不明。不過，就像剛才山吹說的，關於那件事的後續狀況，村井都有告訴日向子，比方說，殺人事件的嫌犯，正遭到通緝的久保塚恒太經常和看似高中生的女生見面的事，這也是聽村井說的。根據目擊地點和制服特徵，那個女生就是橋本圓的可能性非常高。

視線從無人的村井座位回到自己的電腦上，石川眞都美清純的笑容浮現眼前。這女孩和橋本圓的共通點除了名字都是包含「ＭＡ」【註】在內的三音節外，也是同齡的高中生。

兩人現在或許都正站在懸崖邊，一不小心就有可能失足。

□

隔天，日向子一如往常在編輯部接聽了幾通電話之後，被派去目黑調查關於某明星開的燒肉店業績下滑的事。店開在目黑車站前的一條巷弄內，聽說剛開幕時生意很好，最近營收卻忽然變差，原因似乎與該明星將店裡生意交給兒子打理有關。帶著這樣的情報，日向子開始在燒肉店周遭展開打探消息的任務。

將主要目標鎖定在燒肉店附近的咖啡廳、蔬果行和服飾店。假裝自己的媽媽是某明星的影迷，日向子和店家搭訕，說原本想盡份孝心，帶鄉下的媽媽去那間燒肉店消費，但是最近從網路上看到不好的傳言，問對方是否聽說過什麼。

結果，似乎是某明星那位不知世事、態度傲慢的兒子和員工起了爭執，原本從進貨到料理、定價都一手包辦的主廚憤而離職，從此生意一落千丈，明星的兒子竟然還不以爲意，花了大錢重新整修店面。

把上述內容寫成報告書傳回編輯部後，日向子就前往町田，和打電話來兜售醜聞照片的人見面。四點四十分抵達指定的家庭餐廳，距離約定時間還有二十分鐘。店裡人不多，日向子搶在帶位的服務生開口前選了靠裡面的位子。因爲對方未必會單獨來，於是選了四人桌。

把名片盒和筆記本等文具放在桌上，心情總算鎮定了些。要拿到照片、辨別對方的眞僞。不斷這麼告訴自己。自己是《週刊千石》的記者，至少不能讓別家雜誌搶走這條獨家。

還差五分就五點了，看了一眼時鐘，做了個深呼吸。雖然沒有拿出來，但也檢查了包

譯註：橋本圓的「圓」發音爲MADOKA，石川眞都美的「眞都美」發音爲MATOMI。

包裡的錄音筆。即使不打算偷偷錄音，做好完全準備是採訪的基礎。

五點一到，日向子一邊伸手去拿冰茶的吸管，一邊朝入口附近望去。自己的照片已傳給對方看過，應該認得出來才對，坐的也是從入口就能看見的位子。

來的會是怎樣的男人呢？他到底打算怎樣？

會不會被放鴿子？順便查看了手機上的LINE。就在這時，兩個穿便服的年輕男生走了進來。只見他們對想上前帶位的店員搖了搖頭，站在入口處環顧店內。日向子挺直身軀，光是這樣還不夠，屁股甚至有點騰空了。男生們互相戳了戳對方，朝日向子走來。

一個穿灰色T恤，身材中等；一個穿格子襯衫，身材微胖。穿T恤的男孩長相堪稱普通，至於穿格子襯衫的男孩，則是比普通更普通。換句話說，兩人都是隨處可見的長相。光看外表，還眞令人好奇到底誰才是石川眞都美的男朋友。和自己聯絡的，眞的是這兩個人嗎？

儘管內心抱持著疑惑，日向子還是自然地向他們點頭寒暄。穿T恤的男孩怯怯開口：

「請問，妳是千石社的……？」

「是的，兩位就是打電話來的人吧？今天很謝謝你們來。」

在日向子帶領下，兩人坐進她對面的位置。問他們要點什麼，都說冰咖啡就可以了。

「昨天才接到電話就急著約見面，很感謝兩位今天願意來赴約。因爲我想還是直接當面談最好。雖然會問到比較私人的問題，請盡量不要隱瞞，把眞實的狀況告訴我。首先，打電話來的是……？」

穿T恤的男孩低調地舉起手。

「所以和眞都美交往過的就是你？」

大概因爲緊張，表情有些僵硬，但日向子這麼一問，他還是堅定地點了點頭。

「從國二的時候開始，會一起出門，也會去彼此家玩，還會交換生日禮物。」

「是喔，好羨慕。」

情不自禁地這麼嘟噥，男生們驀地抬起頭，朝日向子投以疑惑的視線。

「欸，不是啊，因爲那種事很教人嚮往嘛，與我無緣就是了。」

如果能逗得他們笑起來那倒還好，但兩個人的臉頰卻紋風不動。

「抱歉，請繼續說。眞都美參加甄選是國中時的事吧？」

「是國二那年冬天。她陸續通過一次選拔、二次選拔，三月時正式選上，進入TT。」

「喔，原來如此，所以她成爲團體成員是國二尾聲，但團體實際上開始活動已是國三之後了呢。當時的情形，你在她身邊應該很清楚囉？」

「是的。因爲那是她的夢想，我一直支持著她。但事實上心情很複雜，明知她一旦被選上，就會離我愈來愈遠了。」

男孩嘴角第一次露出笑意，但卻是一抹自嘲的冷笑。當他這麼一笑，原本平凡的長相忽然增添一絲陰影，感覺像看到他內心的黑暗面，多了一股難以言喻的魅力。

那絕對不是什麼特別的東西。只是非常普通的人，露出比平常令人印象深刻的表情。但是，如果自己還是國中女生，大概會想伸手觸摸他吧。

日向子回顧昔日的自己，啜飲變淡了的冰茶。從國二到國三，曾有一個非常喜歡的同班同學，但是過了二十歲後在同學會上重逢，卻驚訝地發現他根本是平庸的人。不是說平庸不好，只是十四、五歲的自己擅自為他的一舉一動編織了情節，把他幻想成才華出眾、與眾不同的存在。

若說這是十幾歲女孩的特性，石川眞都美或許也會這樣。

「通過甄選的眞都美對你說了些什麼？」

「說她以後也不會變。」

「意思是會繼續和你維持男女朋友的關係？」

男孩咬著嘴唇點頭。事實是最後依然變了吧，所以他才無法原諒，不是嗎？

「無論做了何種承諾，只要成為偶像她就不再專屬於我。ＴＴ禁止戀愛，所以和我的事必須絕對保密，我們會變得幾乎無法見面。不管怎麼想，維持原本的狀況都是不可能的事。我也這麼認爲。所以，原本決定就算分手也要繼續支持她。這是眞的，原本應該一直是這樣的。」

男孩不甘心地握緊放在桌上的拳頭。接著，他就沉默不語了。日向子小心翼翼地詢問：

「發生了什麼事呢？」

這時，坐在旁邊的格子襯衫男孩插了嘴。他原本一直帶著謹愼的表情，偶爾微微點頭附和，這時幾乎是第一次聽到他開口說話。

「那之後，他們還持續交往了一段時間。經紀公司的人和歌迷都沒有發現，只能打電話和傳電子郵件，偶爾偷偷見面。對吧？沒錯吧？可是眞都她果然愈來愈忙，漸漸不再回信，無法見面……他一直忍耐，但是……」

「最後一次見面是什麼時候？」

格子襯衫男孩推了推T恤男孩，但是T恤男孩什麼都沒說，格子襯衫男孩再次代替他回答。

「去年春天，某天晚上短暫見了一面。對吧？」

「那就是一年前的事囉。在哪裡見的面呢？」

「在他房間。那天，他家人正好都不在家，眞都就偷偷去他家了。」

「當時的情形如何？」

T恤男孩這才抬起頭。

「她為不能回電和不能見面的事道歉，如此而已。我們只見了很短的時間。」

「那時發生了『什麼』嗎？」

某件打擊了他的事。

「不是的，是那次見面後，好幾個月都沒收到她的信，連我生日也什麼都沒有。我正在覺得奇怪時，某天她忽然要我再也別打電話和寫信給她了，也不給我拒絕的餘地。」

「她打電話來這麼說的嗎？」

「對。因為我也已做好相當的心理準備，只覺得這天終於來了。我心知必須放棄，就當最後一次，在她生日那天寄出一封短短的電郵。內容一點也不特別，就是很普通的『生日快樂』。結果她回了我很過分的話，我嚇了一跳，覺得很不甘心，無法原諒她，所以才想把照片——」

日向子盯著他情緒激動之下扭曲的表情，感到震撼。眼前的男孩應該比自己小六、七歲吧，他口中描述的愛恨糾纏卻是如此寫實，令戀愛經驗貧乏的日向子連一聲都吭不出來。早知道會遇到這種事，以前在聽朋友講戀愛話題時就該聽得更認眞一點。腦中閃過的都是少女漫畫的情節，他說的活脫脫就是那個世界發生的事。

正當快要被打動時，餐廳裡響起的尖叫聲使她心頭一驚。傍晚時分的家庭餐廳裡，來了一大群身穿幼稚園制服的孩童，正在大吵大鬧，母親們紛紛發出斥責。此外，還有一組上了年紀的婦人、坐在筆記型電腦前的商務人士和正在滑手機的年輕女人。看著眼前的情景，日向子回過神來。

「你說的就是那些照片吧。如果可以的話，讓我看看好嗎？」

「現在？在這裡？」

「如果不知道是怎樣的照片，就沒辦法好好繼續談。是否刊登報導不是我一個人能決定的事，我得將今天的談話內容和照片帶回公司，才能說服上司空出版面來刊登。」

兩個男孩面面相覷，低聲討論。怎麼辦？給她看一張應該沒關係？雖說和偶像交往過的是穿T恤的男孩，格子襯衫男孩看似陪他來的，但是關於是否該拿出照片這件事，兩人卻一起商量討論後才做出決定。

日向子默默等候，直到T恤男孩從包包裡拿出幾張照片。她向前探身，去看放在桌上的照片。

並排放在桌上的照片有兩張，其中一張看來像是男孩的房間，背景有床和櫃子之類的東西。另一張和房間的照片構圖相同，只是多了個伸長雙腿的女孩坐在床上。日向子壓抑內心的緊張，把臉湊得更近。

那是石川眞都美本人沒錯，照片裡的她，看著鏡頭露出羞赧的笑容。

「還有這張。這是那個……很不妙的照片。雖然糊掉了，但是在同一個地方拍的，應該認得出來是她。」

故意吊胃口似地，男孩只讓日向子瞥了一眼手上的照片。照片裡的女孩露出肌膚，應該是脫了衣服後拍的。雙手交叉在胸前，還看得到雙臂下方的乳溝。床上棉被縐成一團。

這可眞不得了。像在電話中和對方約定見面時間地點時一樣，全身熱了起來。

要是《週刊千石》刊出這張照片，肯定會世界大亂啦。

車站零售店裡堆成小山的雜誌不斷賣出，人們翻開頁面，凝神細看照片，讀了報導後，各自發表感想。網路上一陣騷動，八卦新聞也會報導。還有什麼呢？TT的歌迷會怎麼樣？無論是對石川眞都美，還是對《週刊千石》，一定都會暴怒發狂吧。堅持這是胡說八道，因爲報導的內容憤慨受傷，打電話到公司抱怨。編輯部的電話又要響個不停了。

可是，愈多人關注這件事，以主編爲首的編輯部氣氛就會愈熱絡。週刊雜誌存在的目的，本來就是要引爆世間話題。

「這些照片可以先交給我嗎？」

聲音嘶啞，幾乎要破音了。日向子擦拭額頭上的汗水，再用推到旁邊的濕巾擦手。T恤男孩急忙收回手中的照片，以充滿戒備的眼神望著日向子。

「最重要的一張明天再請你帶來，今天準備的報酬不夠。明天我一定會帶夠，今天請先將桌上的兩張交給我吧。如果雙手空空回去，主編也不會願意聽我說的。」

「主編？」

「負責統整報導的人，也是實際上對《週刊千石》有影響力的人。你們看就知道了吧，我還是個新人，不拿點東西回去的話，得花很多時間才有可能寫成報導。」

兩人再次彼此對看，互相以眼神示意：「怎麼辦？」

「那個叫主編的人明天會帶錢來嗎？還是信田小姐妳來？」

「看你們希望怎樣。我自己一個人來也可以，和主編一起來也可以，都沒問題。」

格子襯衫以窺探的態度開口：

「地位太高的人來就不好談了。」

「那我就自己來，好嗎？不用擔心，對我來說這是重要的獨家消息，我會按照你們希望的形式報導。今天就先給這樣，雖然有點少。」

不等他們拒絕，日向子就先從包包裡抽出了一個信封。抽出的是淺藍色信封。其實事前準備了三個不同顏色的信封，分別是裝一萬日圓的淺藍色信封、裝三萬日圓的白色信封，以及裝五萬日圓的粉紅色信封。

「這就當今天的車馬費，請收下。」

兩人視線落在信封上。日向子再將信封往前推，確認格子襯衫伸出手，日向子才把自己的筆記本打開。盡可能用緩慢而平靜的動作，將桌上的兩張照片拿起來，夾進筆記本。沒聽見他們阻止的聲音。鬆了一口氣。打從心底大大鬆了一口氣。不過，還不能在這個節骨眼上放鬆。

還有很多事要做。

「國中時，你和眞都美同校，對吧？也同班嗎？」

做出看似親切的微笑，語氣也輕鬆自在。男孩們的表情跟著放鬆了一些。用照片換取金錢的交易已結束，那對他們來說應該是最緊張的一瞬間。

「你們讀幾班啊？可以問嗎？」

「如果妳問的是三年級時，我們兩個在二班，她是一班。」

「是喔，我以前也是三年一班呢，眞懷念。」

「信田小姐是東京人？」

「不是喔，我家在千葉。千葉鄉下。那時一直想有個能去彼此家玩的『交往對象』呢。眞都美家是獨棟嗎？還是大樓或社區？」

一口氣將冰咖啡喝光的兩個男生，發出錯愕的聲音反問：「欸？」

「想說住這附近的話，兩種都有可能吧。她家是哪種啊？」

「喔……」

格子襯衫男孩盯著T恤男孩的側臉，T恤男孩的眼神在半空游移。

「是公寓大樓，大樓名稱我已經不記得了，但是白色的大型公寓。」

「我們鄉下地方沒有那種建築呢。她住幾樓？低樓層嗎？還是視野良好的高樓層？」

「呃，應該不是高樓層吧。我沒怎麼注意，也只去過一兩次而已。大都是來我家。我家是獨棟平房。」

日向子鎮定地回應「是喔」。

「眞都美有兄弟姊妹嗎？和你們讀同一間國中？」

「爲什麼要問兄弟姊妹的事？」

「我想說她該不會是獨生女吧，如果有妹妹的話，是不是也和她一樣可愛啊。」

格子襯衫男孩說：「是弟弟。」

「眞都美國三時，弟弟讀國一，是這樣嗎？」

「不清楚。」

「她參加甄選後進入TT，轉學到東京都心的學校了吧？那她的兄弟姊妹呢？她沒提過這些嗎？還是說，她的兄弟姊妹也有參加別的甄選？」

「不，應該沒有吧。我們沒聊過這方面的事。」

T恤男孩搖搖頭，日向子又問：

「她當時有學什麼才藝嗎？以進入演藝圈爲目標的話，應該從小就有學跳舞或唱歌吧？」

若眞的交往過，這種事應該要知道才對。放學後的約會，一定會和上才藝班的時間或社團活動時間衝突。爲了順利安排時間約會，不掌握彼此行程是不行的。

「她好像有學，但不太和我說這些。所以我也不太清楚。」

聽著他的答案，日向子不改臉上的微笑表情，溫柔地點點頭。

額頭與腋下從剛才就滲著與原本不同意義的汗水。各種想法掠過腦海，一邊克制腦中奔騰的思緒，一邊思考該說什麼時，眼前的男孩們開始坐立不安。

「那個……不好意思，差不多可以了嗎？我們等一下還要補習。」

「抱歉、抱歉，耽擱你們這麼長時間。今天很謝謝，我一定會馬上再和你們聯絡，請稍等喔。」

「有可能寫成報導嗎？」

「當然啊。這是寶貴的情報，我會好好處理的。」

「那就麻煩妳了。」

兩人走上通道，日向子站起來鞠個躬，目送他們離開。T恤男孩和格子襯衫男孩在走出家庭餐廳後過了十字路口，頭也不回地消失在道路的另一側。

深深感覺做了白工。明明才短短一個小時，心情卻像做了一整個星期的工作。

緊緊抓著夾了照片的筆記本，看來得花上一段時間才有辦法再打開了。

□

回公司的路上，將今天的重點簡單報告上去。一回到編輯部樓層，山吹就跑過來，指了指開會用的小房間。主編和椿也很快地趕來。

「什麼樣的照片，讓我看看。」

走進房間反手關上門，主編立刻雀躍起來。日向子回以苦笑，從包包裡拿出筆記本。一拿出照片，主編、山吹和椿就爭相上前。

「嗚哇，眞有一套。」

「就是這個啊，是這種的喔。」

「是眞都美眉本人呢。」

聽著三人聒噪的聲音，日向子的苦笑凝結在臉上。

「做得很好啊，日向，妳在沮喪什麼？」

山吹察覺日向子的表情，對她露出爽朗的笑容。

「那這個我就先借走囉。」

「你要拿這去做什麼？」

「我有個認識的攝影師是偶像迷，手上有TT所有成員的照片。市售雜誌的偶像彩頁和報導配圖就不用說了，連歌迷俱樂部會刊、部落格和歌迷偷拍的照片他都有。我要把這拿去給他看看。」

皺起眉頭，一個深呼吸之後，日向子說：

「所以眞的是合成照？」

難掩失望。

眞是不可思議。明知爲了那個女孩好，這些照片最好別是眞的，但那樣自己肯定又會很失望。腦中浮現兩個男孩的臉，心情更是憂鬱。

「先懷疑看看啊。最近只要合成技術夠好，確實能做出相當巧妙的東西。」

聽山吹這麼一說，主編也開口：

「先是男生房間的照片，然後是女生坐在床上的照片，最後是糊掉的裸照。他是照這順序給妳看的吧？把這三張照片組合起來，確實可以看圖說出不錯的故事。眞是太惡劣了。」

「我完全中招啦。」

那時內心滿是激動，連該抱持疑心的事都忘了。

「可是日向妳還是聞到不對勁的味道了吧？」

「嗯，之後的對話讓我覺得哪裡不太對。」

「眞都美眉家的建築型式、兄弟姊妹的狀況，還有學過的才藝，這個就交給椿——」

主編發號施令，椿點點頭。

「我認識一個熟悉演藝圈消息的記者，當然啦，畢竟對方做這份工作靠的也是信用，絕對不會隨便把消息外流。不過，若只是單純問他知不知道，他也會在能說的範圍內提供資訊。日向，不如介紹你們認識吧？」

「可以嗎？」

忍不住往前探身反問。這麼說來，椿自己也是靠信用行動的約聘記者。

「今後還會有很多事得仰賴他，這是個好機會，和他打好關係吧。」

對方眞的會願意把重要的情報來源和自己分享嗎？這或許也是日向子受到信任的證明。

「謝謝。那就麻煩你了。」

得好好工作，不可辜負大家。偶像也好，攝影師也好，記者也好，週刊雜誌編輯也是，大家都在各自的世界裡工作。儘管一定有很多相互牴觸的地方，但誰也不想讓那種以騙人爲目的的傢伙稱心如意。這應該就是彼此的共通點吧。

還有，只要一瞬間的疏忽或一時的鬆懈，都可能演變成致命失誤。這也是共通之處。

□

「信田！」

在公司裡的餐飲區休息轉換心情，正要回辦公室時，忽然被人叫住。

回頭一看，是同期同事桑原。日向子手上抱著資料，桑原則是雙手空空。這裡也設置了自動販賣機，他可能是來買飲料的。

即使在同一個公司工作，也很難得像這樣巧遇。上個月舉行的同期聚餐日向子沒能參加，算起來這是換部門之後第一次和桑原見面。

「好久不見呢。有時會聽目黑提起妳的事喔。」

目黑指的是明日香。桑原從週刊編輯部調到文學編輯部，和業務部的明日香似乎常有工作上的往來。

「討厭啦，她說了我什麼。」

「說妳之前好像差點挖到一條大獨家啊。偶像明星的爆料照片什麼的。」

後半句話壓低了聲音。桑原那張具備清潔感、像個模範生的臉，實在不太適合講出「偶像明星爆料照片」這種話。

「沒有啦。差點釀成大錯呢。結果那是假消息。」

「對方是高中生？」

「對。」

拿到手的照片給偶像迷攝影師鑑定過後，得知其實是隸屬同一偶像團體的另一個女生拍下，放在自己部落格上的照片。眞都美和那位團員感情很好，那是去她家時鬧著玩拍下的一張照片。

高中男生把照片裡的眞都美裁切下來，和自己寢室的照片合成。日向子也看了原版照片，兩張對照下，不由得愕然失語。那確實是眞都美本人，只是背景完全不同。裸照則是找來與石川眞都美長相相似的性感女星照片合成，再故意把臉孔部分弄得模糊不清。

關於石川眞都美老家及家人的情報，也和那兩個男生說的有所出入。眞都美的老家雖是公寓沒錯，但並不是大型公寓，而且住的是一樓。她只有一個弟弟，且年齡相差好幾歲，現在才讀小學六年級。至於才藝班的部分，她從小就接受紮實的舞蹈及鋼琴訓練。

把這次的事告訴椿介紹的那位熟悉演藝圈情報的記者後，他馬上判斷上門兜售照片的男生應該只是和眞都美讀同一所國中，既不是朋友，也毫無關係。日向子不得不同意這個看法。

隔天再打電話過去，已經打不通了。也無法傳送LINE訊息。看來不是被封鎖，就是對方急忙換了手機吧。他們大概察覺自己露出馬腳了。

被騙走的只不過是一萬日圓的車馬費。椿和山吹都說，只有這點損失已經算做得很好了，日向子心中卻還殘留著不舒服的感覺。

「他們到底打的是什麼主意啊？爲什麼會想拿那種僞造的照片來賣。」

「妳跟他們碰面有什麼感覺？」

「很普通，眞的是很普通的男生。說起對成爲偶像的女朋友的心意時，也一點都沒有不自然的地方。我完全被騙了。不，應該說到現在仍無法相信那一切全是胡扯。爲什麼說得出那種謊呢？」

「編造故事啊。」

桑原淡淡地說。

「那些傢伙一定是先找到正好適合合成的照片，實際合成後發現效果很好，接著就編出了足以巧妙騙過大人的故事。與其說他們說謊，不如說他們是想找人發表『我的前女友現在是超人氣偶像』的虛構故事。沒關係啦，至少妳很快就看破他們的手腳，也沒忽略故事情節中的漏洞。在面對需要特別提防的爆料時，確實拉出了一條清楚排除的界線。我認爲妳這次做得很好啊。」

是這樣嗎？聽那些男孩說時，自己腦中浮現的都是少女漫畫的情節，這麼說來也不算錯得太離譜？彷彿聽見她的心聲，桑原豎起拇指，露出雪白牙齒，咧嘴一笑。

這實在不是適合模範生做出的動作，但桑原也是在案件組受過一番磨練的人，肯定親眼目睹過許多既不清爽也不美好的現實。

「我今後也能好好地察覺異狀，不受惡意欺騙嗎？好不安喔。」

「可以的啦，雖然我無法保證就是了。妳也知道嘛，我只能在外野爲妳加油囉。」

「好冷淡！」

「信田不也說過會祈禱我變得受女人歡迎嗎？拜託妳了喔。」

日向子發出誇張的「欸——」，桑原回以「太過分了」，然後兩人一起爆笑起來。

哈哈大笑之後，就像是打開了心窗，迎進一陣輕風。那被人丟了好幾顆名爲惡意的石頭而變得沉重的心情，也因此輕鬆了不少。喘不過氣的感覺減輕許多。

今後這樣的事仍會不斷重演吧？心情將再次沉重，然後稍微放鬆。

說了聲「下次見」和桑原道別後，踏上公司走廊，邁開比剛才來餐飲區時更大的步伐向前走。

第3回 無論白天夜晚或早晨

起初，那只是常見的盜領公款事件。

接著進一步從各個面向檢視事件，討論是否有繼續追查的可能，如果「常見」變成「特例」，就要徹底追查下去，挖掘值得報導的內容。這就是日向子現在的工作。日向子隸屬的單位，並不是公司內部的特殊調查小組，而是《週刊千石》編輯部的案件組。「挖掘問題，引發騷動」就是這裡的信條。

兒島章一，五十四歲。關於他的事也適用上述信條。兒島任職於一般企業財務部，主要管理與客戶之間往來的金錢，聽說他爲人向來正直老實，沒想到最近一年內，卻從任職的公司盜領了四千數百萬公款。

之所以這麼晚才被發現，除了他熟知金流之外，還設下雙重帳簿和假的銀行帳戶，僞裝工作做得滴水不漏。

這不是一時鬼迷心竅，而是打從一開始就已計畫好，背叛了工作三十五年的公司。

事情爆發後，雖然他正在接受調查，動機卻始終無法釐清。關於金錢下落，兒島一律供稱「賭博花光了」、「喝花酒撒大錢用掉了」，除此之外什麼都沒多說。他的妻子和女兒至今仍不敢相信，異口同聲說「爸爸怎麼會做出這種事」。事實上，兒島一家住的舊房子裡沒有任何奢侈品，他自己的生活也十分簡樸，更沒有欠債。

那四千數百萬圓究竟去了哪？

眞的全部用在賭博和喝花酒上了嗎？

□

仔細聆聽車內廣播，凝神細看月台上的站牌，日向子在川崎市北部的某私鐵車站下了車。

這是日向子第一次造訪這一站。自從調到週刊編輯部，至今已有過好幾次在陌生車站下車的經驗。找到廁所、解決生理需求後走出驗票口。繞到車站附近的超市，買齊受託的東西。走進這個陌生的城鎮，路上經過了時髦咖啡廳、美容院，還看到整排新蓋的公寓。四周民宅多有白色窗框和可愛的粉彩色外牆，這應該是座年輕的城鎮。

徒步十分鐘後，道路變窄，一路蜿蜒起伏，開始有空地或廢棄工廠等建築映入眼簾。沿路所見平房看起來也多半老舊；住在這一帶的，推測是從以前就在這裡生活的居民。

一手拿著地圖橫越公車道，找到寺院招牌時總算鬆了一口氣。這間寺院就是日向子的目的地。這附近的道路逐漸變成上坡，陡斜的坡道前有塊空地，看起來像是停車場，角落停著一輛白色汽車。車裡的人正在對她招手。

「久等了。等很久了？等不及了？」

「這不是常有的事嗎？」

同事阿久津有氣無力地回答。日向子坐進副駕駛座，笑著說「也對」。以年資來說，日向子算是前輩，但兩人在週刊編輯部的資歷相同，都還是左支右絀的小菜鳥。兩人獨處時，難免會說出眞心話。

「午餐買來了，你要去廁所嗎？」

「沒關係，剛才盡快上過了。過馬路後進入住宅區會看到一個小公園，那裡有個氣氛詭異的公廁。信田姊，妳去上的話要小心一點。」

「好討厭喔。」

「沒關係啦。我可以吃了嗎？」

「嗯，請吃。」

遞上超市買來的便當，順便把果菜汁也拿給他。袋子裡還有優格和口香糖等零嘴。狹窄的車廂內瞬間充滿便當的味道。幸好窗戶打開了一點，還算通風。

日向子也打開便當吃起來。瞄了一眼時鐘，剛過下午一點不久。上面交代自己來和阿久津換班，可不能浪費任何時間，得好好掌握目前的狀況。

這次在這裡埋伏等候的對象是一個三十幾歲的女人。據說名叫紫宮沙織，但也不知道是不是她的本名。那個盜領了公款的兒島章一，對於盜領的四千數百萬圓，只做出前面提到的那些供述，但是《週刊千石》上週掌握到另一項可靠的情報。

據說一名疑似兒島的人，一直有在悄悄更新一個部落格。日向子也拿到網址看過了。

部落格主人是年約五十幾歲的男性。根據部落格內容，他在一年前認識一位三十多歲的美女，兩人經過幾番巧合後開始交往。半年之後，兩人同居於他位在高樓層的精美公寓，過起優雅又奢華的生活。部落格裡鉅細靡遺地描繪了兩人的幸福日子。

因爲事情進展得太順利，交往過程又充滿甜蜜插曲，才讀了幾個月的部落格內容，就膩得受不了。雖然也可說像連續劇情節，但也正因爲如此而更令人感到老套乏味。直屬上司北濱主編一邊看一邊忍不住在脖子和手臂上抓個不停，那些彷彿中年男人意淫幻想的部落格內容，似乎令他不忍卒睹。

提供情報的人起初也以爲這是編造的故事，後來盜領公款事件爆發，看到新聞裡兒島章一的臉時嚇了一跳。因爲和那部落格裡的人長得太像了。部落格裡雖然隱藏個人資料，但卻放了不少照片。大多是風景和食物的照片，不過交往對象的女性也很常出現。那是個看似優雅溫柔的女人。男人的照片則只有幾張。日向子看了，也認爲酷似兒島章一。

如果把盜領的公款拿來用，說不定那些看似妄想日記的部落格內容就能成眞。只要有幾千萬，和美女相遇的羅曼史，以及高級公寓裡的豪奢生活，都不難實現。

「除了老實外別無長處的財務課長，以自我毀滅的手段買下男人的夢想。」

「盜領金額四千兩百萬，只要有這筆錢，連部落格也精彩。」

「謎樣美女眞有其人！本刊獨家採訪當事人！」

北濱主編不斷發表標題文案，竊笑著說愈聳動愈好。等查明美女的眞實身分，就能和部落格內容一起寫成一篇報導。一定要寫成。

□

然而，那個叫紫宮沙織的女性身分始終成謎。雖然有她臉部的照片，兒島身邊卻沒有人認識她。那間研判他們租來同居的公寓，因爲只有陽台照片，也無法藉此推斷出地點。去了部落格中頻頻出現、似乎是兩人很中意的咖啡店和餐廳打探消息。此外，另一個引人注意的焦點是掃墓。去年這個時期，兩人一起造訪墓園。女方童年時似乎失去父母關愛，但非常感念收養她的外公外婆，每逢忌日一定會去墓園獻花祭拜。

儘管她那麼做也可能只是在強調自己的不幸，但部落格裡清楚寫出外婆忌日。得知幾天後就是那個日子，上司緊急發出埋伏命令。從兩人去年掃墓的照片，比對出離墓園最近的車站和墓園所在的寺院，剩下的就是實際去埋伏等待了。

「眞的會來嗎？」

「希望她來啊。」

吃完便當，阿久津和日向子各自自言自語似地嘟噥。

埋伏對象出現，自己才能從盯梢任務中獲得解脫。要是等了老半天卻一無所成地撤退，就算說服自己那是工作的一環，內心仍不免空虛。既然要做，就希望能有所收穫。

「但要是真的來了，也是有來了的問題。」

「是啊，一個人盯梢，就表示要一個人上陣。」

這種程度的題材，編輯部一般只會派一個人盯梢。這次是在北濱主編的特別體恤下，才安排了兩人輪班制。

「該問的事項上面已經指示下來了。」

阿久津仔細收拾好空便當盒，將一張紙條遞給日向子。上面寫著堵到那位謎樣美女時必須問的問題。

妳知道兒島章一被捕了嗎？你們兩人是什麼關係？在哪裡認識的？他盜領公款的事妳知道嗎？他有妻兒的事妳知道嗎？妳是哪裡人？過去有哪些經歷？現在住在哪裡？從事什麼職業？幾歲？有家人嗎？警方找過妳嗎？妳知道這件事在社會上鬧大了嗎？覺得自己有責任嗎？現在有什麼話想對兒島說嗎？

一看就是週刊雜誌記者會問的問題，幾乎都能想像完成後的報導內容了。上面大概還會配上北濱主編想出的犀利標題。

其實除了盜領案的相關人士，這件事大概不會造成任何人困擾，寫這種報導爲的只是滿足人們的好奇心，說得更清楚一點，是爲了滿足人們低級的偷窺慾望。愈聳動的東西人們愈喜歡看。明知如此，但想到這種報導的情報是自己掌握來的，內心仍不免感到諷刺。

「那個叫紫宮沙織的，不曉得是怎樣的人噢？希望不要是可怕的人。」

竟然說出這種像小學生說的話。

「也祈禱她不要帶恐怖的人一起來。」

「啊，對了，阿久津，聽說你遇上恐怖的事啊？」

「對啊，對啊，差點以爲要被殺了。」

事情就發生在上個星期。編輯部接獲港口卸貨工人間有毒品流傳的情報，便派阿久津去探查消息。雖然他不是一個人去，但是到了當地之後兩人分頭行動，找尋剛結束卸貨作業的人搭訕探聽，結果，一群看來絕非善類的人圍住了阿久津。

今年春天才從大學畢業的阿久津，身材中等，不是肌肉男就算了，還生得一張娃娃臉，到現在去喝酒都還會被當成高中生。優點是隨地都能睡，不管發生什麼事，食慾都不會衰減，但性格遠遠稱不上好勝。一到不熟悉的地方，舉止就會開始畏畏縮縮，不知是否因爲這樣而引起那群人的注意，他們不但慢慢逼近阿久津，還伸手推擠他。

「我說自己是來採訪的，還拿出了名片。沒想到那群人一看到《週刊千石》的名字，更是眼露凶光，伸手揪住我的衣領說『你給我過來』！」

「確實有這種痛恨週刊的人，不管到哪都有。」

「他們說週刊滿口胡說八道啦、寫什麼沒營養爛東西之類的，我被刮得好慘喔。要知道，我可是在和平悠閒的鄉下地方出生成長的人，從來沒遇過被恐嚇勒索或痛打的事，要是可以的話，這輩子都不想體驗那種事啊。」

既然如此，你就別進千石社啊。日向子這麼想，但這句話該回敬自己才對。

阿久津說他當天先結束手頭工作才前往港口採訪，時間已是傍晚，被拉到倉庫附近的陰暗角落時，四下天色全黑了。男人們帶著不懷好意的笑容逼近他。

腦中浮現清楚的想像，日向子坐立不安地問：

「不過，聽說千鈞一髮之際山吹哥出現了，對吧？我是這樣聽說的。」

「是啊，是啊。完全可以說是九死一生呢。」

「他是怎麼救了你的？」

「妳聽我說，他一邊大喊『我們家這小伙子不懂事冒犯各位了』，一邊走過來，一直道歉說『這傢伙是今年春天才剛進公司的菜鳥，不好意思，等一下我會好好教訓他一頓，今天就請各位先放過他吧』。」

「山吹哥那麼說了嗎？」

「是啊，然後他又兇巴巴地嘖了一聲，罵我『你不要光會扯後腿！小心你說話的語氣！眞是沒用的傢伙！快點辭職啦！』之類的。」

山吹做事懂分寸又有常識，是案件組値得依靠的前輩。打從日向子調到這特殊的編輯部之後，每天都受到他許多指導，但從來沒被說過這麼無情又過分的話。

「被他那麼一說，那群人也顯得很錯愕。我跌跌撞撞地衝向山吹哥，然後我們立刻離開倉庫，走到普通馬路上，攔了一輛經過的計程車。等到車子開出去，山吹哥才大大吁了一口氣說『我剛才眞是嚇死了』。」

「難道他是故意那樣罵你的？」

阿久津收起下巴，露出嚴肅的表情點頭。

原來，在那種危急的場面下，山吹爲了拯救後輩，倉促之間演了一場戲。

「我拚命向他道歉，一直說對不起，結果妳猜山吹哥怎麼說？」

「我哪知道。」

「他說『其實你那樣也好』，就因爲我看起來好欺負，被帶走時好像有人擔心地跑去通知山吹哥。他還說，要是我虛張聲勢和那些人槓上，事情反而會變得更棘手。」

日向子一時之間無法做出回應。她慢慢反芻阿久津的這段話，像咀嚼堅硬的食物般勉強吞下喉嚨。

「換句話說……遇到這種事時不要硬逼自己虛張聲勢比較好？可是，山吹哥還不是硬逼自己變了個人，用虛張聲勢的方式救了你？如果按照你剛才的描述來看的話……」

「說的……也是。」

「或許因為我們是菜鳥，所以不要勉強自己比較好？但是，說起來山吹哥加入案件組也才幾年而已。」

「是啊……」

「或者是說，有些場合不要虛張聲勢比較好，有些場合還是需要吧？大概是這樣吧。即使是這樣的我們，也是編輯部的一份子。」

看著阿久津那張溫和的臉，日向子強調了「這樣的」三個字。眼前等著自己的工作是單獨埋伏。既然接下工作，就要避免以無用的失敗告終。埋伏對象沒出現也就罷了，只要發現她來了，就一定要堵住她，得到她親口說的話。

隔著汽車擋風玻璃環顧四周，與日向子的幹勁正好相反，周圍是一片寬廣閒適的風景。日光從雲朵間灑落，民宅屋簷下晾著隨風擺盪的衣物。

「那條路走到底就是寺院了？一眼就能看到墓園嗎？你和寺院的人打過招呼沒？」

「還沒。抵達這裡是早上八點，周圍大致看一圈之後就回到車上，十點時，我先假裝成掃墓的人進入寺院。沒遇到任何人，也就找不到打招呼的時機了。」

根據接獲的情報，這間寺院的住持年齡在四十五到五十歲之間，上一代住持過世後繼承了寺院，和母親、太太及兩位女兒一起生活。進出這間寺院的人似乎不多，從日向子抵達至今，進來停車場的只有一位初老女性開的車，以及印有公司名稱的業務小貨車。兩輛車的車主都已經回來把車開走了，也有看到直接從寺院出來的車，但沒停進停車場，大概是住持或家人的私家車吧。

「你在墓園裡有看到『紫宮』家的墓地嗎？」

「我有找了一下，但沒發現。」

「既然還沒和寺院的人說上話，當然也沒出示照片給他們看過囉。」

主編有交代，可以看情形透露自己的身分。現在這種時代，打聽女性消息時很難開口說明，最好先獲得寺院允許，才好繼續埋伏。

從停車場到寺院只有一條路，而且是條死巷。只要在道路旁的停車場埋伏，所有進出的人盡收眼底。在被追究或趕出去之前，必須盡可能先好好溝通。

「趁阿久津你還在的時候，我先去繞一圈看看狀況。」

阿久津低下頭，以眼神表示「那就拜託妳了」，目送日向子下車。日向子提著一個小托特包，穿過停車場走上斜坡。這條路不寬，頂多能容一輛車通過。左手邊是片竹林，後方隱約看得見墓碑。中間有圍牆隔著，難以從側邊進入。尤其女性更不可能。

正在思考時，已來到寺院門口。巷子底是住持一家人的車庫，四下杳無人煙。日向子爬上差不多三階石階，走進對外開放的寺門。正面是壯觀的大殿，右側設有一棟古樸的日式房屋。大概是葬禮或法會時供人休息準備的地方。遠方傳來人聲。

走進左側小徑，看到掃墓用的取水區，再往前就是一片寬敞的墓園了。墓碑顏色參差不齊，從接近白色的灰色到接近黑色的灰色都有，高度也不統一。有講究地將四周圍起來的氣派墳墓，也有連花瓶都沒有的小小墳墓。整片墓園地面有一定程度的傾斜度，到處都看得到石階。墳墓與墳墓間通道狹窄，分出許多複雜的岔路。除了幾欉矮樹之外，沒有什麼遮蔽視野的東西。

人聲逐漸接近，幾個上了年紀的男性走進墓園，手上拿著花和水桶。接下來，日向子盡量和他們保持距離行走，偶爾停下腳步窺看墓碑。這時，身旁一個聲音叫住了她。那是個戴著粗棉布手套，手上拿著透明塑膠袋的女性。

「妳來掃墓嗎？哪家的？」

女性身上穿著圍裙，大概是寺院裡的人。日向子一邊低頭致意，一邊走上前。

「不好意思，擅自跑進來。」

「沒關係啊，妳是來掃墓的吧？」

這位中年女性個頭不大，皮膚白皙，身材豐腴。五官和態度都散發出和藹的氣質。

「其實我是在找一位可能會來這裡的女性。」

「咦？」

「是一位紫宮沙織小姐，漢字是紫色的紫，宮殿的宮。貴寺的施主裡有沒有人叫這個名字呢？」

「沒有耶，我沒聽過。」

中年女性搖搖頭。日向子讓她看了帶來的照片，那是從部落格上印下來的。

「就是這位小姐。」

「您認得出她嗎？」

仔細觀察對方的表情，中年女性顯得有些訝異，但沒有馬上回答，似乎在思索什麼。

「嗯，大概知道。不過，不是很確定。這張照片拍得很漂亮，看起來像換了個人。如果是我知道的那個人，應該是竹井家的外孫女喔，不姓紫宮，名字也不一樣。」

部落格上使用假名也不奇怪，重要的是長相。日向子拿出其他照片，依序讓中年女性指認。

「果然很像是優子，但這些照片和她平時給人的感覺差很多。妳說在找她是怎麼回事，發生了什麼事嗎？」

「有點麻煩事，但不是這位小姐做了什麼，而是她可能認識惹出麻煩的人，我想請教她幾件事。」

日向子雙手合十地這麼說。女性聽了歪了歪頭，大概在想「妳又是什麼人」吧。從托特包中取出名片夾，抽出一張名片交給對方。看到名片上的字，女性睜大眼睛。

「《週刊千石》？就是那個週刊雜誌嗎？妳是那裡的人？」

遭到驚訝質疑是常有的事，日向子也知道自己和世間對週刊雜誌記者的想像差距甚遠。那種侷促的感覺也表現在肢體語言上，她只能彎著身子點頭。

「是不是搞錯什麼啦？妳才幾歲？看起來還像個學生啊。」

「我剛進公司第二年。」

「才第二年就做週刊雜誌？爲什麼？」

「在我們公司，這好像不是什麼稀奇的事。滿多新手被分發到週刊雜誌編輯部呢。」

女性皺起眉頭，用英文形容的話，大概就是「Oh my god」吧。

「給貴寺添麻煩了，還請務必協助我們。」

「等一下，我什麼忙都幫不了啊。」

「可以讓我們的車停在下面的停車場嗎？」

第一件要拜託的就是這件重要的事。

「那輛白色汽車，該不會就是你們的車吧？早上有鄰居來說那裡停了一輛可疑的車。哎呀，可是我聽說裡面的人是男的啊？」

「那是我同事，同樣隸屬於《週刊千石》的記者。您不介意的話，我會要他也來打聲招呼。今天再過一會兒他就會撤退，只剩下我一個人。」

「妳一個人要怎麼辦？」

「等照片上這個人出現。」

穿圍裙的女性眨了眨眼。日向子以最恭敬的姿勢鞠躬拜託。事到如今，不管是能換來對方同情還是憐憫，都沒關係了，只要她同意借用停車場就好。

因爲日向子早已深深體會，要確保一個埋伏場所有多辛苦。

執行前前一個任務時，在板橋區外圍住宅區熬了整整三天。當時掌握到某搞笑藝人的父親疑似有詐欺行爲，便在藝人老家附近停車埋伏，等待藝人父親現身。

那是很少有人經過的寧靜住宅區，原本以爲只是停一輛車，居民應該不會在意，不料開始埋伏半日後，已有路過的居民投以驚訝的神情，傍晚就有人報警處理了。

當時日向子坐在駕駛座，副駕駛座上的是攝影師。

上前盤查的警官說「車子停太久我們會很爲難」。無可奈何之餘只好開走，停在附近公園旁。還互相安慰說，至少這裡離廁所很近。周圍有沒有廁所是每次執行埋伏任務時不可避免的一大問題。使用望遠鏡的話，從這裡還勉強可以看到藝人家大門，只是一刻都不能放鬆，很容易疲累。再者，一旦天黑就沒轍了。

太陽下山後，將車開回住宅附近盯梢。警察一來就再開走。三天下來不斷反覆這樣的過程，最後終於讓日向子堵到看似藝人父親走出玄關的瞬間，對方親口表示自己沒有詐欺，不准週刊寫出兒子的名字，也澄清自己沒有被告。不過，攝影師沒能拍到藝人本人，算是白跑了一趟。

有時，日向子也會因爲女性身分而被叫去支援任務。爲了拍到當紅演員與女友幽會的情形，另一小組的同事在演員家附近埋伏時，就曾拜託日向子前往支援，與負責偷拍的攝影師假扮情侶。

一開始覺得莫名其妙，後來聽說如果男同事單獨執行任務，一旦遇到警察盤查就會被趕走。難以推辭的日向子一答應幫忙，對方還特地要求她穿裙子去。穿上平常很少穿的大圓裙抵達現場，把組員「頭上再綁個緞帶如何」的提議當作耳邊風，和搭檔的攝影師一起漫步在深夜街頭。

這一帶的公寓房子不知道多少錢？買房和租屋的比率不知道又是如何？住的都是些什麼樣的人啊？想去採買的話，不曉得有沒有超市？

裝成情侶令人尷尬，於是像這樣沒話找話說，換來的卻是心不在焉的答腔。攝影師州崎是資深老手，年紀四十歲上下。雖然以前打過照面，這次可能是第一次當面交談。日向子一沉默下來，對方又要求她說點什麼。

「還以爲你嫌我吵咧。」

「太聒噪的話是會有點傷腦筋，但都不講話氣氛又太尷尬了。」

一邊這麼說著，州崎的眼睛一邊機靈地左右張望。他的吃飯傢伙相機沒有直接拿在手上，而是放在肩背的包包裡。聽說眞正偷拍時，放在包包裡也能按快門。

日向子腦中浮現偶像歌手或演員在餐廳裡與別人親暱貼近的照片。那應該也是攝影師和記者接獲情資埋伏盯梢，再暗中拍下的照片吧。這麼一說，州崎就挑了挑眉。

「我們又不是自己喜歡做這種事，是爲了生活沒得選擇啊。」

他幾乎說出了日向子的內心話。大概心裡的想法全都寫在臉上了，州崎對她苦笑：

「妳要鼓勵我好好加油才對啊，畢竟妳可是給我工作的一方。」

「我？」

「對啊。我的雇主是《週刊千石》編輯部。」

想想，他這麼說也有道理。關於偷拍明星私會這種事，不用加入自己的私人想法，也不用花時間思考是非對錯。如何在不被附近居民懷疑，也不被警察刁難的情形下，支援攝影師完成拍攝，這才是日向子的任務。

「妳是信田小姐，對吧？信田小姐，我現在要靠近妳喔，別嚇到也別嚷嚷。」

「欸？」

還來不及反問，攝影師的手臂已環抱住日向子的肩膀。一股不知來自上衣還是髮膠的男性氣味掠過鼻端，倉促之間只能閉氣。這時，身旁滑過一輛汽車。是計程車。計程車停在目標物的公寓前，後座有人下了車。

日向子的身體被整個轉了一圈，州崎的身體擋在身前。幸好她驚訝得發不出聲音。右半身被某個東西壓得疼痛，心想是什麼呢？原來是旁邊大樓的盆栽。另一側的腹部與左手臂之間則是相機。因爲背對目標，日向子看不到那邊的情形，只知道從計程車上下來的，似乎就是某明星。

手腳像棍子般僵硬伸直。感覺得出鏡頭微微上下移動，州崎按了好幾次裝了消音器的快門，應該正在偷拍。

州崎的身體忽然放鬆，也不再緊挨著日向子，迅速將相機收進袋中。

「拍到了嗎？」

「嗯，不過接下來才是勝負關鍵。」

「欸？接下來？」

「剛才拍到他帶女人進去了，剩下就是拍他們出來的畫面。還有，時間點也很重要。」

若現在立刻撤退，八卦強度就不夠了。證實他們共度一夜春宵的報導才夠聳動。

「這麼說來，是要繼續盯梢囉？」

「當然。」

話雖如此，判斷一時半刻不會發生什麼事，攝影師要日向子回車上待命，最好先睡一下。於是她放倒椅背，拉緊裙襬躺下。精神還很亢奮，實在不是能入睡的狀態，但暫且還是閉上眼睛，把身體蜷縮成一團。

能在容許自己這麼做的車內，待在這個免受警方盤查的安全場所，已經是比什麼都值得感恩的事。

□

那位穿圍裙的中年女性是住持太太。她笑著說自己都四十幾歲還被稱爲少夫人，個性爽朗親和，對日向子的工作充滿好奇，連珠砲似地發問：採訪都去些什麼地方？見過明星嗎？不光盯梢還得跟蹤嗎？

只要她願意出借停車場，要問多少問題都沒關係。反正以日向子的資歷，能說的也不多。

大概一個小時後回到車上，把和住持太太之間的對話告訴阿久津。住持太太愛聊天，從她那裡得到了幾項資訊。首先，那個用了紫宮沙織假名的女人確實會來這間寺院。她的外祖父母姓竹井，她的本名應該是「優子」。看了照片，住持太太說簡直像換了個人，可見女人平常給人的印象和部落格上完全不同。

另一件事是，拿了兒島的照片給住持太太看，問那個叫優子的女人是否和男人一起來掃過墓，住持太太歪著頭，皺起眉說：「她是有和男人一起來過，但不是這個人。」

這時，阿久津「喔」了一聲。

「我這邊也接到新情報了喔，椿哥去了部落格上出現的店家打探，他傳來資訊說，紫宮沙織雖然曾和兒島一副親密的樣子出現在某些店，但店家也說她有時會和另一個男人一起去，而且據說是個帥哥。」

「啊，住持太太也有提到這個。她說那個男人和優子很配，但是當她笑著說『眞是不能小看妳呢』時，優子卻否認和男人的關係。既然會說很相配，表示對方那個男的長得不錯吧。」

紫宮沙織是個大美女。遺憾的是，兒島是個微胖的中年男子，年紀也大她許多。

「她究竟是何方神聖，明明已經有其他對象，還和兒島交往嗎？」

「兒島對公款下手是一年半前的事吧。一下手就是大筆金額嗎？」

阿久津翻著筆記本，這方面的資訊似乎也已查到了。

「從兩、三百萬開始慢慢增加，之後就大筆大筆盜領了。」

「盜領和紫宮不知是否有關，也可能無關吧。」

「如果有關，可以想到的可能性包括盜領是爲了討她歡心，或甚至被她慫恿。如果無關的話……又是什麼情況？」

「看到手頭忽然變得闊綽的兒島，她主動接近？」

「之後兒島迷戀上她，演變成盜領超過四千萬公款的下場。」

兒島爲了女人花錢如流水？還是有其他狀況？

「假設紫宮還偷偷和其他男人交往，也可能對兒島花言巧語，直接從他手上收取現金？正可說是高風險高回收的投資。」

關於金錢去向，兒島至今仍守口如瓶，原因或許在於發現自己做了多愚蠢的事。

之後，阿久津按照計畫撤退。原本日向子應該徹夜埋伏等候紫宮沙織，但聽住持太太說，寺門傍晚六點就會關上了。

除非舉行守靈等法事，寺門關上後，一般要到隔天早上八點才會開。住持太太也說信徒都知道這個規矩。

紫宮沙織的目的是在外婆忌日前往掃墓。只要稍微擔心自己的人身安全，一定會避免這麼做。反過來說，如果她確實出現，是否也表示她過著與平常無異的生活，毫無戒心。

日向子如此的預測獲得主編同意，只是爲了保險起見，還是要她等到晚上八點過後才撤退。租來的車由日向子開回家，隔天早上七點半再回到原地。

注意著時間，日向子九點過後才到寺裡露面。住持太太說，「妳來得可眞早。」她似乎已知會了女兒們停車場會有陌生車輛，早上日向子也遇到了穿著制服出門上學的她們。

按照部落格內容，這天就是紫宮外婆的忌日。日向子一邊和住持太太閒聊，還是不敢掉以輕心。上午寺裡有老夫人，也就是住持母親主辦的婦女會聚會，少夫人也很忙的樣子。日向子慢慢繞了墓園一圈之後回到車上，坐在駕駛座盯著進出寺院的人們。

紫宮沙織會使用什麼交通工具呢？搭電車再走路來嗎？還是開車？搭計程車？或騎機車或自行車？

如果開車來，待在停車場裡就可一目了然。若她用的是除此之外的交通工具，自己就得不時下車確認。

按照預定計畫，中午應該可和阿久津換手。不料，原本負責打探消息的同組同事椿忽然接獲緊急任務。春天發生的連續事件似乎出現新的動靜，椿得立刻飛往福岡追查。

阿久津臨危受命代替椿去打探消息，日向子只能自己繼續守住崗位。離寺門關閉只剩幾個小時。六點門一關，紫宮就會趕不及在外婆的忌日掃墓了。

時間像是過得很快，又像過得很慢，這時，北濱主編打電話來了。關於兒島，又得知了一些新的消息。原本以爲他在公司內的評價是位老實正直的財務課長，事實上卻是被貼上沒有工作能力的無用職員標籤，在同事間的聲望也很低。

「他隸屬業務部時出了大錯，被調到行政部門後地位也沒有提升，周圍的人都相當瞧不起他。不只如此，除了在公司不受重視外，在家也是個落寞的男人。太太幾年前就假借照顧長輩的名義搬回娘家了，女兒和他也不親，可以說是過著與鰥夫沒兩樣的生活。眾人聽到他盜領公款一事之所以難以置信，不是因爲信任他的誠實，而是作夢也沒想到他做得出這麼驚天動地的事。」

日向子想起部落格裡的照片。那是個眼皮和臉頰都鬆垮、眼角與口角也下垂的男人，頭髮稀疏還挺著個大肚腩。外表說得再客氣也稱不上好看，就是個隨處可見的中年男子。在公司裡跟不上年輕人的話題，老是提出狀況外的問題或做出錯誤理解。雖然在公司裡不受歡迎，總歸還是個有常識有良心的父親。日向子想起自己的爸爸正是這種類型。

像他這樣的人，一輩子都不可能惹上那種引起社會騷動的事件。兒島看起來也是，不知到底哪裡出了差錯。到底出了什麼差錯呢？

「照這麼聽來，他和美麗的女人在高級公寓裡過著豪奢的生活好像不太合理。」

「就是說啊。金錢的力量眞的有那麼厲害嗎？能讓一個人變得和原本完全相反，我也好想知道喔。既然無法直接問兒島本人，只好希望能從女人那裡問出什麼來了。拜託妳囉，我會把版面空下來等妳的好消息。」

「好的，只希望那個女人眞的會來。」

「妳要問得巧妙一點喔。既然警方沒在那邊出現，只要能堵到她，就是我們的獨家了。公款的下落也令人好奇呢。如果兒島沒有把四千萬全部花光，剩下的錢一定得放在什麼地方。說不定除了兒島本人，還有其他人知道錢的下落。也可能她現在正卯起來找喔。」

聽完主編各種若有深意的推測、掛上電話之後，坐立難安的日向子下了車。婦女會的聚會也結束了，下午開始有來掃墓的，有來討論法會的，也有宅配員來送貨，不時有人出出入入。

一邊注意著四周狀況，一邊往寺院走，住持太太正在大殿上整理水果和點心等供品。一看到日向子就朝她招手，告訴她照片上那個女人沒有出現。因爲剛才去墓園看過了，墳前沒有供花，肯定沒來過。

誠摯感謝住持太太提供了寶貴情報，日向子自己也朝墓園走去。一看手錶，剛過傍晚四點。從昨天住持太太說話時的目光方向，大概能推測出紫宮沙織欲祭拜的墳墓方位。

找到竹井家之墓後，日向子挑了一棵枝葉頗為繁茂的梅樹，藏身在樹下陰影處。無事可做只能發呆，眺望飄過空中的雲朵形狀，大概過了十分鐘吧，還是二十分鐘，聽見有人踩著碎石路走過來的輕微腳步聲。

回頭一看，日向子心頭一驚。那是個年輕女人。雖然比自己年長，但今天實在看到太多上了年紀的婦女，眼前那纖瘦的身材看起來忽然很有新鮮感。女人穿著及膝裙，搭配象牙白的兩件式上衣，手上提著小水桶，懷裡還抱著供奉用的花束。

凝神細看女人的臉，無法立刻做出判斷。不知道是髮型的關係，還是化妝的關係，和部落格上的照片就是不一樣。或許不是紫宮。但是很像啊。既然如此，就當作她是吧。現在只要有個和她很像的人出現在這裡，就讓人不由得認定應該是她了。

女人站在簡樸的墓前，放下手上東西，拿長柄杓舀水淋在墓碑上。插好供花，從包包裡拿出線香點燃，再把冒煙的線香插在香盤上供於墳前。蹲下來雙手合十，閉上眼睛。

時間不短。這段時間裡，日向子朝通往大殿的小徑看了無數次，滿心期盼出現幫手。內心祈禱，拜託快來個誰啊。然而，不見半個北濱組的同事現身，女人結束掃墓，已經站起來了。無可奈何之下，只好出聲叫住她。

微弱地喊了聲：「那個……」大概沒想到旁邊會有人吧，看到樹下走出的日向子，女人嚇得差點跳起來。

那瞬間的反應也讓日向子感到一絲突兀。部落格裡的紫宮沙織外表不輸模特兒，不，那完全就是個閃耀著模特兒光芒的美女。不只長相，日常生活中的每一幕，喝茶也好，看雜誌也好，站在廚房裡切東西也好，站在陽台上栽培香草也好，每一個動作都是那麼洗練優雅。換句話說，部落格裡的她無論做什麼都游刃有餘，大方自在。

可是現在，眼前的女人一看到日向子就顯得驚慌失措，彷彿撞見鬼似地怯懦退縮。

「抱歉，嚇到妳了。其實我在找人，恕我冒昧詢問，妳是否認識兒島章一這個人？」

女人喉嚨裡似乎發出「噫！」的一聲驚呼。

「我，我不認識！我，我什麼都不知道！真的，和我無關！」

就算日向子再笨也聽得出來，這回答等於大聲承認了她認識兒島。立刻從上衣口袋裡取出照片，高舉起來給對方看：

「照片裡的人是妳吧？也有和兒島先生一起拍的喔。請讓我問幾個問題吧。妳知道兒島先生現在在哪裡嗎？你們兩人是在哪裡認識，怎麼認識的呢？」

女人臉頰抽搐著向後退，連水桶也不拿了，直接轉身就跑。像看到什麼可怕的東西落荒而逃似地。日向子當然追了上去，只是墓碑間通路狹窄，不但高低起伏還佈滿了小石頭。嘴裡喊著「請等一下」追上去時，對方大概是被石階絆了腳，整個人往前傾倒，倉促之間伸手撐住地面，總算免於摔倒。但是，包包卻往草叢裡飛了出去，裡面的東西撒了一地，她慌忙地撿拾起來。

追上來的日向子想幫忙撿，女人卻大喝一聲：「不要碰！」這次輪到日向子膽怯了。看到她這樣，女人更進一步怒罵：「都說與我無關了！」

儘管氣勢洶洶地這麼兇了日向子一頓，女人的狠勁卻沒有持續太久，因爲住持太太從大殿過來了。只見她一邊靠近，一邊一臉悠哉地說：「哎呀，這不是優子嗎？」女人立刻朝她衝上去。日向子還以爲是要向住持太太控訴什麼，不料她卻在狹窄的通道上與太太擦身而過，快步朝出口飛奔。住持太太看傻了眼，過了一會兒才追上去。

留下來的日向子，直到兩人身影跑得看不見之後，才緩緩彎下身。面紙和收據等紙屑掉了一地，她小心翼翼地蹲下來，手往紙片與零食空袋之間伸過去，朝草叢底下一探。有個金屬製的東西掉在那裡。是鑰匙。

看起來是隨處可見的備鑰，但印在上面的櫻花圖案卻是似曾相識。部落格裡那些老套的浪漫故事之一，就是當女人說出想一起生活時，男人給了她一支印上櫻花圖案的鑰匙。因爲京都的櫻花對男人而言，是充滿回憶的事物。

不當面對質無法肯定，但若這就是部落格裡的東西，那就是兒島交給她的公寓鑰匙了。或許能靠這支鑰匙證明她就是部落格裡的女人，那麼，她一定想盡辦法也要來取回這鑰匙。

日向子用自己的手帕輕輕包起鑰匙，收進口袋裡。接著，一臉若無其事地走回大殿旁。一踏出通道，就看到住持太太帶著爲難的表情站在那裡。

「沒追上她？」

「不是，她在寺門前停了下來，問我妳是誰。我說是《週刊千石》的記者，她就驚恐地說和她無關，她什麼都不知道，還拜託我不管妳問什麼都別回答。我是第一次看到優子那個樣子。」

「住持太太您之前說的話，我有點明白了。和部落格的照片比起來，該怎麼說呢，她看起來更像一般的普通人。」

沒有其他更貼切的說法了。雖然自己也沒資格講別人，但她就是……又土又不起眼。

「我就說吧？臉是很漂亮啦，是個美人兒啊。但平常不怎麼化妝，也不好好打扮。」

「我忽然開口叫她，好像把她嚇了一跳。是我搞砸了。有機會可以幫我跟她道歉嗎？也對您很不好意思，在這裡造成了騷動。」

「哎呀，難道妳要回去了嗎？」

「我得先回公司去向上司報告。今後該怎麼做，上頭應該會再下指令。」

日向子不再硬要詢問優子的事，住持太太應該也放心了吧。看到日向子沮喪的模樣，她還同情地說：「妳要加油喔，眞是太辛苦了。」最後甚至主動說：「如果優子有聯絡的話，我再把妳的手機號碼告訴她。」

□

返回停車場，開車離開。大約行駛五分鐘後，將車停在路肩，日向子打電話給北濱。簡單報告看似紫宮沙織的女人曾出現，但無法順利說上話，不過撿到了對方遺落的東西等等。

「所以，今天晚上我想熬夜盯梢。發現東西掉了，她應該會回來找。」

之所以顯得那麼驚訝，是因爲她內心不安。聽到兒島名字的瞬間，她顯然驚慌失措了，那種反應肯定出於不安。若想繼續否認自己與兒島的關係，那把備鑰就萬萬不可落入別人手中。對她來說，無論如何都得拿回鑰匙。

「很好，我會想辦法調人去支援。」

「那就拜託您了。」

「不管是半夜還是清晨，只要她一出現，就要用鑰匙當釣餌留住她喔。」

「好的。」

「別生出無謂的慈悲心喔。」

「是。」

「一定要讓她一五一十地全招了。」

「好。」

這番對話是什麼和什麼啊。不過，「緊咬不放」不只是誇飾的修辭。這幾天幾夜，出動所有組員，不惜花費金錢，想盡各種辦法徹底調查了這件事。能不能寫成報導刊登，決定權在總編手上。怎麼樣也不能讓這篇報導被刷掉。

日向子小心翼翼地迴轉車身，停在一個能看見通往寺院那條路的地方。已經和住持太太說了自己要撤退，就不能再繼續停在寺院的停車場裡。神祕的部落格女人也會有戒心吧。停在這裡雖然有一段距離，但仍然能夠確認出入寺院的人車。

就算她會再回來，大概也得隔一段時間。話雖如此，還是不能掉以輕心。

和攝影師州崎假裝成情侶那次的盯梢，結果沒能拍到女方過夜的約會證據。雖然拍到了某明星和女方一起進入公寓的照片，卻沒拍到女方從公寓出來的樣子。明明整晚都守在公寓外，就是沒看到她出現。一直撐到隔天早上十一點才撤退，始終沒見到可能是女方的人物。

那棟公寓不像有後門之類的密道。女人不可能憑空消失。兩人的演藝活動也持續進行著，可以想到的可能性有幾種。一是他們在進公寓時已發現有人偷拍，進去不久就離開了。另一種可能是做了大幅度的變裝，又或者女方一直在男方公寓裡待到下午才出來。和只要有進去時的照片就可寫成重量級報導的大明星不一樣，這次的案子沒能獲得總編認可。

好不容易等到太陽西下，時間來到六點多，一輛小型車噗噗開來。是阿久津。他把車停在日向子後面，從駕駛座上下車。

「信田姊，聽說妳和目標碰了個正著啊？」

「可惜被逃掉了啦。我想她等一下還會來。阿久津你那邊如何？」

「趁中午放飯時間找兒島公司的年輕員工搭訕，一聊開了就是不停地說他壞話，收穫是有，但我眞是累死了。」

應該就是北濱說的那些事吧。阿久津開來的是他自己的車。換一種車比較不用擔心被對方察覺，他的小車在住宅區也比較好停車。日向子先把租來的車開去還，暫時離開現場。

途中打了電話給住持太太，表面上是轉達總編的謝意，實際用意是打探關於紫宮沙織的事。一陣寒暄後，住持太太說，那之後的確接到了她的電話，是打來問有沒有在墓園裡撿到什麼。住持太太一回答沒有，她立刻說：「不是什麼重要東西，請別介意。」隨即掛上電話。

日向子還了租車，吃過飯後回到盯梢現場，天色已經全黑。阿久津把車停在稍遠的空地，自己屏氣躲在寺院附近的竹林裡。假設紫宮沙織眞的來了，大概會偷偷跑進墓園找自己掉了的東西。這麼一來，爲了不讓寺院的人發現，她很有可能趁夜黑風高時摸進去。

日向子和阿久津討論後，決定兩人輪流埋伏盯梢。時間很可能拖長，一邊留意不要發出聲響，一邊找到能在路燈附近坐下的地方。阿久津去用餐時，躲在竹林裡的日向子就目送他離去。爲了在戶外盯梢，事前已做好萬全準備，去超市買齊防蚊噴霧和絨毛小毯及手電筒。現在姑且先將毯子圍在腰間，拿出薄荷糖來吃。

除了風吹過竹葉發出的沙沙聲之外，四下安靜無聲。小路對側也是一片竹林，在朝天伸展的竹子遮蔽下看不到夜空。

紫宮沙織到底是什麼人？

自從在墓園裡遇到她後就是一連串兵荒馬亂，現在好不容易才能鎭定下來好好思考。

她一開口就否定自己與兒島的關係，其中或許眞有不可告人之處。

她應該知道兒島因爲盜領公款被捕了吧。畢竟報紙和電視新聞都有報導。

她一定也知道部落格裡那間公寓的事。

不，照片都拍到她在那裡了，當然不會不知道。

忍不住想再次確認，是因爲本人和部落格裡實在太不同了。

這麼說起來，兒島的形象也不太對。

那個部落格，只是兒島寫好玩的嗎？

他是不是很想住在那樣的高樓大廈裡？

雖是六月，入夜之後還是會變冷。日向子用另一條毯子包住頭，把身子縮成更小一團。過十點後不久，在眩目的光線中，一輛車開了上來。那是一個小時之前開下去的車，看來是去接補習班下課的女兒。

住持家的車開過去之後，周遭再次恢復寧靜。夜晚還很長，悶不吭聲時，感覺自己就像成了竹林的一部分。就著路燈的亮光，日向子悄悄拿出手機察看。LINE裡收到學生時代朋友們邀請聚餐的訊息。看著大家的暱稱和談話內容，彷彿聽見他們熱鬧的歡笑聲。偶爾也想去參加一次啊。大概是發現日向子已讀，有人在群組裡喊了她：「喂，日向子。」

「妳在幹嘛？還沒下班？」

「嗯。」

朋友回了一張「加油喔」的貼圖。日向子回了「謝謝」便切換畫面。待在現在這個部門就無法和朋友約見面，因爲根本不知道幾天後會發生什麼事。就像兩三天前的自己，怎麼會知道今天得在深夜裡埋伏於竹林中。

手機震動起來，以爲是朋友傳來訊息，一看是同期同事桑原傳來的LINE。

「最近都沒遇到妳耶，是去出差嗎？我現在正在公司等插畫稿。」

「我在外面，墓園附近，正在奮勇埋伏中喔。」

桑原回以一個驚訝表情的貼圖，日向子忍不住笑了。

「這種時間還會有人去掃墓喔？」

「追查的目標白天在這裡掉了東西，我猜對方會偷偷來找。不過，那東西已經在我口袋裡啦。」

日向子捏住衣角，確認口袋裡金屬鑰匙握起來的觸感。

「對方是男的？女的？」

「是女人。」

「沒有危險吧？」

「我想應該不要緊。主編叫我一定要堵到她，然後要她一五一十地全招了。」

桑原沒有馬上回覆。或許是插畫稿送到了，畢竟他也還在工作中。不過，盯著手機螢幕發呆時，忽然想到，桑原不知道會怎麼想。

從形式上來說，日向子等於是代替半途而廢的他進入週刊編輯部。原本日向子自己也這麼想，但分發過來幾個月之後，隱約有了個不成型的想法。

進入千石社工作這件事，代表著一定會和《週刊千石》產生關聯。即使隸屬於不同部門也無法切割，不可能裝作沒有這回事。《週刊千石》是公司的一部分，或許也可說是自己的一部分。

眞要說起來，對任何人來說，週刊的內容都不是毫不相干的事。那些灑狗血的八卦、悽慘的案件或災難報導、爆料內容，都與平凡生活在社會上的平凡人有關。只要一點小差錯，被捲入那種事的人說不定就是自己了。週刊的內容看似距離遙遠，其實近在身邊。每個人身邊都可能發生類似的事。自己口中的一句牢騷，說不定會成爲社會事件的一小部分肇因。

傍晚在墓園見到的那個神祕女人，外表看起來其實也沒什麼特別。就像在便利商店或車站階梯上擦身而過也不會注意的人。不知道她生命中的哪個環節出了差錯，導致現在得爲弄丟一把鑰匙擔驚受怕。

「我正在等的插畫，是描繪屏氣躲在廢棄大樓暗處的主角喔。要放在月刊雜誌扉頁的。」

「主角面臨危機了嗎？」

「不是，主角在等可能是凶手的人出現。」

一看就知道桑原想說什麼。埋伏。

「跟現在的我有點像耶。」

「這邊的情節牽涉到連續殺人事件，主角為了誘出幕後主使者，在上一期連載的最後設下了誘餌。」

「我可沒設那種東西，而且這邊也不是殺人事件。不過我確實大氣都不敢喘一下，還躲在墓園邊。」

「堵到對方之後，會在墓園裡要她一五一十招供嗎？」

「祈禱我能大顯身手吧。」

「嗯，不過妳要小心喔。自身安全最重要，這點千萬別忘記。」

「我也會祈禱你盡快收到帥氣的插畫。」

最後傳了「怕手機沒電，先這樣囉」便關閉畫面。

和廢棄大樓相比，哪個好呢？日向子歪著頭想。雖然不知道有沒有幕後主使者，但是到目前爲止還沒跟殺人事件扯上關係。這已經值得感恩了吧。

把膝蓋抱在胸前，下巴放上去。內心盤算著，如果目標現在出現了該怎麼辦？如果開口叫她，她回頭了該怎麼辦？如果她願意當面交談，接下來又該怎麼辦。儘管坐在那裡不動，日向子腦中仍不斷模擬可能出現的情景。

堅定地面對她，以清楚的邏輯步步追問，直到對方放棄抵抗，做出剖白。就這麼辦，像是小說主角，像是一張帥氣的插畫。

要是能按照想像中的執行，就把這稱爲桑原效果吧。

微笑著搖擺身體，街燈下，路旁的小石頭發出白光，宛如天上的星星。

將近十一點，阿久津回來了，說了有事隨時可傳訊息通知後，將盯梢任務交棒給他。回到阿久津車上放倒椅背休息。把手機放在肚子上，閉上眼睛打盹，不知不覺就睡著了。

不經意醒來，一看時間正好三點。沒有未接來電。打電話給阿久津，他馬上就接了。

「你都沒睡？」

「對啊。目標還沒出現。」

「我馬上過去。」

「沒關係啦，我在這邊打手遊打發時間。」

打了三個小時還是四個小時的手遊？在竹林裡打手遊？

歪著頭想，不知不覺又打起盹來，再次驚醒時已經四點了。

因爲已是六月中旬，差不多四點半天就會亮了。寺院的人起得早，可能五點多就會有人出來。

車外冷得令人發抖，一邊摩挲臂膀一邊穿過黑暗的住宅區。由於也可能和紫宮沙織不期而遇，日向子左顧右盼著過馬路，匆匆踏上通往寺院的小徑。

大概是聽見腳步聲了吧，阿久津從竹林裡冒出頭來。

「眞的都沒人來？」

「放心，爲防萬一，我拉了紙膠帶。」

正在低聲說話時，傳來一陣驍勇的引擎聲，兩人趕緊躲回竹林。結果是送報的摩托車，經過眼前往上騎去，很快又掉頭下來。直到摩托車遠得看不見了，阿久津才踏上小徑對日向子招手，並從地上撿起什麼東西。

那是寬約一公分的一條紙膠帶。

「我把這貼在路中間，只要有人經過就會踢斷。剛才那輛摩托車來之前都完好無缺喔。」

「阿久津，你竟然連這種東西都準備了，這麼厲害？」

「是山吹哥傳授給我的絕招啦。」

他說想去廁所，日向子就接過絨毛小毯，代替他繼續埋伏。東方已發白，但天上有雲，無法看到耀眼的日出，倒是附近的鳥頻頻啼叫。

紫宮沙織是不打算來了嗎？難道是翻牆闖入了？雖說是要避人耳目偷摸進去，等寺門開了之後趁沒人時進去也是一個辦法。

正在嘆氣時，耳邊傳來聲響。以爲是阿久津回來了，結果不是。從擦動竹葉的聲音聽來，這個人的行動更躡手躡腳。日向子蹲低身體，眼前出現一個纖瘦的人影。

不是男人。看不到對方的臉，但應該是沙織。她就這麼從日向子面前經過了。

屏住呼吸看著她走過去，只見她走到寺門邊東張西望。天色已亮，在沒有路燈的地方也能看清對方樣子。她似乎正在找尋適合攀爬的位置。雖然沒有發出吆喝聲，但腳踩著某個地方使力攀住圍牆，果敢地爬了上去。這時日向子才發現她已換下裙子，穿的是長褲。

正想靜觀其變時，她已順利翻過圍牆，消失在牆的另一端。日向子離開竹林，走向剛才她爬牆的位置。忽然想起該聯絡阿久津，便發了簡訊給他。

現在怎麼辦？

接下來自己該如何是好？

該等阿久津回來嗎？

可是，看不到她的身影了，這令日向子有說不出的不安。

無法繼續站在原地等待，日向子也伸手攀住圍牆，研判應是剛才沙織踩過的大石頭映入眼簾，便也踩了上去，藉著反彈力道往上一跳。凹凸不平的粗糙磚頭卡得手腳疼痛。日向子不顧一切地抓緊磚塊，手指勾住磚塊上的圖樣，就這麼爬上比自己還高的圍牆。

跨過牆頂時，新買的內搭褲似乎勾破了。不過，現在不是磨蹭的時候，她想盡辦法往下跳，好不容易在墓園裡平安落地。

懷著想哭的心情在墳地間前進，眞想趴在每一塊灰色的墓碑上哭訴。日向子還記得昨天沙織掉東西的位置，到了附近果然看到蹲在地上的背影。

大概聽見日向子的腳步聲了，背影看似微微一驚，穿長褲的女人回過頭。瞬間，彷彿有人按下日夜交替的開關，周遭天色明亮起來。

一張驚恐的臉仰望著日向子。和第一次遇見時一樣，日向子眞以爲自己變成鬼了。

「妳在部落格裡的名字是紫宮沙織，眞正的名字到底叫什麼呢？我聽住持太太喊妳優子，可以這樣稱呼妳嗎？」

從女人纖細的頸項看得出她倒抽了一口氣。

「敝姓信田，是《週刊千石》的記者。」

「週刊？不是警察？」

她的聲音嘶啞微弱，搖晃著站起身，同時左右張望。或許是在找逃跑的路徑。現在她要是伸手推擠，矮小的自己大概一秒就會向後跌。想逮住她，要她一五一十招供什麼的，根本是在作夢。

「優子小姐，妳這個時間來這邊做什麼？寺門都還沒開喔。」

「我才想問妳在這裡做什麼？」

「妳在找公寓鑰匙吧？兒島章一先生交給妳的，刻有櫻花圖案的鑰匙。」

她形狀美麗的雙眸大睜，全身顫抖。下一瞬間，似乎想飛撲上前似地踏出一步。腦袋還來不及思考，日向子就先後退了。

「還給我！被妳撿走了是吧？」

「我會還，一定會還給妳。但是在那之前，請先告訴我，妳和兒島章一之間的事。」

「與妳無關吧！」

「當然有關。爲了聽妳說這些，我已經在底下的停車場裡枯等了好多天，還從昨天晚上開始躲在竹林裡。要是沒拿到妳的證詞，我是無法回公司的。」

她一定拚了命，自己又何嘗不是。只能這麼做了。

「拜託妳了。」

「我不知道，關於兒島先生的事，我眞的什麼都不知道。」

「妳指的是盜領公款的事吧。」

「包括那個在內的全部。他只說獲得來自父母的財產，我一直信以爲眞。」

「妳是什麼時候認識兒島先生的？」

她身上的霸氣像被抹去，眼神無助地游移。

「也不是什麼認識，是阿隆介紹的。阿隆是我親戚。」

「是男的嗎？」

她點點頭，說這位堂哥在服飾業工作，現在去中國出差了。又恨恨地補上一句，要是他在就能找他商量了。

「有一次阿隆問我要不要當攝影模特兒，大概是一年前吧，當時他介紹的人就是兒島先生。」

「所以妳原本就從事模特兒行業嗎？」

「我？怎麼可能。不是這樣的。兒島先生說攝影是他的興趣，外行人也沒關係，只是要找個女人當攝影模特兒。阿隆和兒島先生好像是喝酒時認識的，我也去過那間店。有一次有事找阿隆商量，他就帶我去了那裡，兒島先生好像是那時看到我的。」

「那麼，妳一邊擔任兒島先生的模特兒，又是從何時開始和他交往的呢？部落格上有很多在那公寓裡拍的照片。」

她先是不解地歪了歪頭，接著又搖搖頭。照片裡的她有一頭光澤亮麗的頭髮，現在只是隨便綁成一把，也不知是否是心理作用，連髮質都顯得毛躁。臉上沒有化妝的痕跡，看起來比昨天還窮酸。

「我不知道什麼部落格，更別說交往了……他大我很多耶。確實有在公寓裡拍照，但大多數時間阿隆都在旁邊。他也確實有把公寓鑰匙交給我，但就只是這樣。我和他之間沒有什麼不可告人的事。」

「啊？」

「妳或許不相信吧。我也被阿隆說過很多次了，兒島先生或許眞的想追我，但我很不擅長與男人相處，該說覺得麻煩嗎……」

日向子立刻心想，眞是暴殄天物。這個人的外表和內在可能有很大的落差。照片裡的她看起來像個知性優雅的美女，現在沒有化妝的她雖然也很漂亮，但化起妝來更是艷光四射。只要好好打扮，是很有潛力發光的，可惜她自己沒那個意願。

「所以，我不太清楚兒島先生的事。眞的，是眞的。聽說他貪污了公司的錢，我到現在都難以置信。」

「那妳爲什麼要逃走？既然沒有不可告人的事，一開始就說清楚不就好了？」

聽了日向子的質疑，她露出非常嚴肅的表情。

「外公現在住在安養照護機構。阿隆是我堂哥，總不能麻煩他照顧外公，只能我自己想辦法了。可是住安養照護機構需要錢，我花光積蓄正在傷腦筋時，正好阿隆來問我要不要當模特兒。」

掃墓那天是外婆的忌日，原來外公還健在。

「兒島先生人很親切又溫柔，聽了我這麼說，就答應我只要願意當模特兒，會給我一大筆報酬，之後果然給得很大方。不是幾萬或幾十萬的程度，事到如今，要我還也還不出來了。就算和我說那是他盜領公司的錢，我也已經匯款給照護機構，手上都沒有了。除了逃還能怎麼辦？要是妳報了警，我會被逮捕嗎？不還錢的話，我會被關嗎？既然妳是週刊的記者，那請妳告訴我吧，我該怎麼做才好？」

日向子感到四肢無力，和預期的完全不同。雖然說不清楚原先的預期是怎樣了，總之不該是這種結局。

察覺到背後有人，回頭一看，阿久津站在那裡。他也一臉茫然。在他身後，住持太太正往這邊跑來。

不知不覺天已經亮了，供在墳前的花重拾鮮艷的色彩。一天即將展開，日向子恍惚地想，希望這天不要太長。

□

聽了日向子的報告，北濱沉默了半晌。他原本大概期待那謎樣的神祕美女能暗中貢獻力量，帶來一番精彩的情節吧。就算上演一齣相互欺騙，宛如陷入泥淖的愛恨大戲也無所謂。最好是能揭露驚人眞相，讓愈多人讀了爲之吃驚愈好。

然而，現在日向子彷彿聽到他吶喊「太虛了」的心聲。這一點也不吸睛，溫吞無力，無聊透頂，沒有高潮，平淡無奇，沒有震撼力，就是樁小事，而總結這一切形容詞的就是

「這篇報導無法刊登」的結論。

打從今年四月起，這是日向子最怕聽到的一句話。

「不好意思，眞的非常抱歉……」

「妳道歉又能怎樣呢。至少我們已經獨家取得事件相關人士親口說的話了。至於怎麼運用嘛……別怕，我現在開始想。」

爲了讓無趣的題材化身爲精彩情節，北濱似乎打算暗中貢獻自己的力量。這個世上到處都是陷阱。

在日向子的勸說下，順利讓假名「紫宮沙織」、本名「吉本祐子」的女子妥協，當場答應接受《週刊千石》採訪。雖然愧對良心，但她最擔心的就是錢的問題。聽山吹說，既然那筆錢是她擔任模特兒的正當報酬，就沒有返還的必要，煩惱就此解決，對她來說，往後只要和這樁事件保持距離就好。

當然，讓她無法立刻脫離事件的週刊記者，或許沒資格說這種話就是了。

□

前往拜訪爲兒島辯護的律師，並提出吉本祐子的名字，幾天後從律師那裡得知兒島的反應。他說事情和她無關，更不想給她添麻煩，露出案發以來最沮喪的表情。

又過了幾天，彷彿放棄一切似地，兒島自行供出了犯案細節。第一次盜領金額約數十萬，因爲沒被發現，於是金額愈來愈大。到超過三百萬時，兒島第一次想到該如何運用這些錢。他想製作一個對他來說最美好的部落格，在那裡面，自己彷彿擁有另一個完全不同的人生。

心目中已有最佳模特兒人選，透過認識的人提出委託，也租下攝影用的公寓。只要不吝惜花錢，任何道具都準備得出來。此外，兒島自己的膽子也愈來愈大，那種感覺就像是找回原本的自己。他撰寫部落格，把自己當作部落格裡的那個人，過著夢想中的日子。

由於並未實際砸錢賭博或喝花酒，盜領的錢還有剩。之所以沒有供出藏錢的地方，是因爲只要看到那些錢就會湧現活力，覺得自己什麼都辦得到，那些錢能讓他感到人生還有希望。他不想失去活下去的動力，今後還想靠那些錢活下去。

兒島似乎是這麼說的。按照他的供述，警方在他自宅廚房地板下的收納空間底下找到裝滿鈔票的紙箱。據說裡面還有三千萬。就算他保持緘默，爲了歸還盜領的公款，大概還是得賣掉房子吧。因此，想抱著這個祕密入監服刑是不可能的事。律師問他到底想怎樣，據說他只是微笑著說：「是啊……」至今沒有對家人和公司表達歉意。

不負北濱主編的奮鬥，這篇報導在《週刊千石》裡獲得兩個跨頁的篇幅。內容幾乎集中在描述中年男人從無法實現的夢想中產生的妄想力量如何開花結果。關於「紫宮沙織」的部分則另闢篇章，提到認識這位模特兒本人的民眾表示「她在部落格裡簡直就像變了一個人」。兒島編排部落格的功力，連知名部落客都為之咋舌。比起財務行政工作的能力，他似乎更有成為部落客的才華，報導最後做出了如此浮誇的結論。

沒想到這起事件會演變成這樣的報導。雖然這是常有的事，日向子的情緒還是有點複雜。不過，當雜誌出刊時，她已經又為了別的案子在第一線埋伏盯梢。

話雖如此，她也又在盯梢途中不知不覺打起盹來，聽到有人喊「信田小姐」時才驚醒。室內燈光昏暗，日式風格的圓形燈具發出詭異的光，自己正躺在花色圖案極為鮮艷的棉被上。紅色的壁紙上大大描繪著酥胸半露、貌似花魁的女人，戴著天狗面具的男人正要撲向她。男人竟然全裸。

「這是哪裡？」

迷糊中這麼嘟噥著，聽到一個男人的聲音。

「抱歉，吵醒妳了？本來想讓妳繼續睡，但又不知道妳想吃鮭魚便當還是燒肉便當。是說，我已經把燒肉便當拿出來了。」

起身朝聲音的方向看去，男人坐在靠窗的茶几旁。看到他，日向子才想起來。

盛傳以年輕帥氣為賣點的國會議員即將結婚，對方是執政黨重量級政治人物的女兒。

但是，議員另有交往對象，兩人正在私下幽會。

接獲情報，日向子奉命在議員女友住的公寓外埋伏盯梢。找尋藏身場所時，發現隔著一條馬路斜對面的愛情賓館二樓右側邊間，從窗戶看出去勉強能拍到公寓門口。照理說這類建築應該不能蓋在住宅區，聽說旁邊的公寓是後來才蓋的。

「沒關係，我吃鮭魚便當就好。謝謝你。」

攝影師州崎說：「收到，那我放在這喔。」便興沖沖地打開了便當的蓋子，瞬間，房裡充滿燒肉和燉菜的味道。

朝時鐘一看，已過晚上九點。在這營造古代青樓冶艷氛圍又帶有一絲猥瑣的房間裡，無眠的夜晚才正要展開。裝上望遠鏡頭的相機已架在打開一條隙縫的窗戶邊，做好萬全準備。

只等目標出現了。

在這個陌生的城鎮，有生以來第一次走進愛情賓館，等待只知道長相的政治人物現身。在這乍看之下非常脫離日常的場景中，日向子打開眼前那個熟悉的連鎖店便當。

第4回　想問問你

專訪好多了啊。

前輩記者這麼說。說是前輩，其實年資只比日向子多個一兩年，在公司裡根本也還是菜鳥。因此，他所謂「好多了」的理由當然和眞正的前輩不一樣。

妳想想，總比拿著通訊錄打十幾通電話都沒有收穫好，也比從早到晚忍著不上廁所、不吃東西埋伏等目標出現，最後卻還是一場空好；又或者是深入大型社區一棟一棟打探消息，別說吃閉門羹，幾乎沒人出來應門，和這種任務比起來，專訪工作多好，輕鬆多了。

如果是事先約好的專訪工作，爲了熟悉採訪對象，事前必先熟讀資料，準備好要問的問題和錄音筆，當天爲引對方多說點有趣的事而使出渾身解數，對某些話題適度追問，結束後邊確認錄音內容，邊整理成專題篇幅所需的原稿。只要這麼做就夠了吧。前輩說。

很棒，多麼清楚易懂的優點。應該說是很切合實際的解說。日向子毫不吝惜地送上讚美的掌聲，繼續追問：

「那要怎樣才輪得到我做專訪工作呢？我也想做。」

沒有多餘心力修飾這直白露骨的問題了，現在日向子每天都活在徒勞無功之中。

「要看時機啦。剛好有這類案件，主編在思考要派給誰去做時，手頭正好有空的人就會被任命啦。」

「我這陣子都在到處探聽消息、埋伏和盯梢，再加上爲了做這些事的移動時間，行程都填滿了。」

「那就不會派給妳囉。」

「話不是這樣說。」

不管對方是前輩還是什麼，日向子直截了當地回應：

「我想問的是，要怎樣才能不受狀況左右，確實拿到和現在不同種類的任務。我現在該做什麼？請告訴我具體方法、對策或訣竅。」

前輩雖然被她的氣勢嚇到，嘴上仍悠哉地說：「這個嘛……」

「妳自己先試著擬定主題，如何？」

「我自己？」

「寄邀訪信給覺得有希望邀到專訪的人啊。抱著姑且一試的心情，偶爾也會有意外收穫的喔。比方說……」

接下來前輩舉的例子，是各種連進公司前對週刊雜誌一無所知的日向子也聽說過的輝煌獨家專訪案例。採訪對象包括當時的行政首長、面臨續聘與否的職棒教練、因吸毒即將被捕的演藝人員、被質疑作弊的相撲力士等。

「看似直接提出專訪要求也不可能答應的人，不知為何就那樣答應了。可能每個人的理由都不同吧。」

完全沒聽過這種事。還以爲是編輯部拚了命拜託，或是執拗強硬威脅利誘的成果。仔細想想，這種正面提出要求的方式才比較對吧。

「所以要抱著不行也沒關係的想法寄出邀訪信，是嗎？」

日向子從包包裡拿出筆記本抄下這句話，還用心畫了一個圈框起來。

「我會試試看。如果只是邀訪信，我也寫得出來。」

「不不不，我告訴妳，可不是想做什麼都可以喔。不管妳要找誰進攻，都不可能一一找主編商量，完全得靠自己判斷。不過，對方願意接受採訪固然可喜可賀，但萬一主編對這個人沒興趣，妳的企畫就會被刷掉，這下豈不就傷腦筋了，怎麼對受訪者交代？」

就像被按下某種開關，日向子腦中瞬間冒出熟悉的語句。「不行」、「連墊檔用都不夠格」、「無聊透頂」、「拿回去」……這種話自己已經聽習慣了，頂多沮喪地轉身離開就好，但是對大部分的人來說卻不是如此。

到時自己將被夾在中間，裡外不是人。

「即使順利接洽成功，對方也要是主編願意做的人才行，是嗎？」

「就是這個意思。還有，說來理所當然，妳也得先知道邀訪信該寄到哪裡去吧。」

「所以，一是能吸引主編興趣的對象，二是知道對方的聯絡地址。」

將事情的難度一口氣拉高，這位前輩卻只微笑著說「加油喔」。這也是前輩們的特徵啦。那些曾經待過週刊編輯部，現在隸屬於其他部門的人，大致上都很溫柔親切，因爲大家都在這裡吃過苦吧。

□

日向子迅速對著攤開的白紙思考。「對他的事感到好奇，想聽他說話」，腦中閃過符合這條件的知名人士，其中包括政界、金融圈與演藝圈。不過，說到要寫成報導，就不能忘記另一條重要的注意事項。

《週刊千石》每期都有一個名爲「談話生活」的對談專欄，主筆是談話技巧高超的前新聞主播。

只要是正派一點的專訪對象，大概都會用這專欄的名義發出邀請。受訪者能在一團和氣的氛圍中侃侃而談自己想說的話，統整專欄內容的人文筆詼諧輕鬆，間接提高了受訪者的形象。在這個專欄裡絕對看不到案件組報導中常見的那種鄙夷的寫法。

即使同在一本雜誌裡，調性還是有明顯不同。日向子舉出的人物清單，不管怎麼看，都適合也應該會接受「談話生活」的採訪邀請。

「說到自己想聽對方說話，想親眼目睹的對象，當然還是正派的人比較好啊。」

問題是，自己現在隸屬的部門卻沒辦法這麼做。

得打掉重練了。就連奉命外出盯梢時，日向子也滿腦子都在思考這件事。今天盯梢的對象是遭人舉發猥褻學生的國中老師，地點就在他家附近。上頭說要堵到他本人或家人出現，拿到他們的親口說詞。但也同時接獲情報，包括當事人在內，目前這一家人似乎已投靠太太娘家。日向子獨自躲在租來的汽車裡埋伏等候，可以預見今天做白工的機率很高。

本想嘆氣，想想不如喝口水吧。正在喝水時手機來電，拿起來一看，是同期同事目黑明日香。昨晚日向子打電話給她，當時她正在應酬，說自己已經喝得快不省人事，就把電話掛了。

「喂？妳沒有宿醉嗎？」

「完全沒有，精神好得很。妳現在方便說話嗎？」

「我正一個人在盯梢，不過應該沒問題。」

因爲想不出適當的訪談對象，昨天就傳了電郵問明日香有沒有什麼好人選。

「我也想了各種可能，不過，妳第二封信提到的是不會被『談話生活』搶走的對象，這點就很難了。」

「就是說啊。」

「一定得是醜聞纏身又不太清白的人，對吧？像是殺人事件的凶手、黑道老大、詐騙集團首腦、假宗教神棍之類的。」

「這些人我都不想見。」

「我也是。可以的話想全部避開。」

點頭歸點頭，眼前看到的這棟房子裡，住的是家人因猥褻被捕的一戶人家。寧靜的住宅區一隅，這棟和兩邊鄰居一樣是兩層樓建築的普通平房，今後將遭社會輿論聲浪蹂躪。如果能對這一切毫不知情，只是從矮樹圍牆和花圃旁走過的話，豈不是幸福許多。

日向子抿緊嘴唇。現實就是社會上也有許多不普通的人。自己現在待的職場是不允許逃避的地方，只能跳過正派清白的人物，正面迎戰黑暗了。反正每天都在做同樣的事。

對明日香說「我會努力再想想」便掛斷了電話。就在這時，有個人橫過視野，走向日向子正在監看的房屋。她趕緊整理服裝儀容，小心翼翼地打開駕駛座車門。腦中反芻著準備好的問題。若遇見當事人要問什麼？遇見對方太太要問什麼？遇見小孩又要問什麼？思考哪些話該怎麼問，畢竟誰都不想被追問這種事吧，不希望被打擾。

日向子鎮定好自己的情緒站在路邊盯著，結果那個人只是朝關起的大門窺看了一番，沒有進去就離開了。

鬆了一口氣。因爲日向子心知肚明，無論這麼想是否太天眞，自己原本要做的事等於是在別人的傷口上撒鹽。

日落之後，主編才做出撤退的指示。據說已從其他管道拿到當事人同事和學校家長的證詞。撤退之際，日向子把車停在當事人家門口，和周圍的景色不同，只有這戶人家院子裡隨風搖擺的樹顯得特別陰沉。

□

利用工作空檔，日向子再擬了一次希望專訪的人物名單。

有繼承了父母的資源卻和後援會不合的議員二代、有二十幾歲就初次當選的女議員的幹練祕書、有被控告性騷擾的百貨公司專櫃店長、有主角忽然換人的某部電影工作人員、有遭人揭穿逃漏鉅額稅款的同人誌漫畫家，還有妹妹比自己晚出道卻比自己紅的偶像歌手，以及謠傳吸毒成癮的人氣演員。

從中篩選出知道聯絡方式的對象，再重新檢視對方的經歷等條件。新鮮感對週刊雜誌來說非常重要，幾乎可說是宿命了，所以不能拖拖拉拉。坐在辦公桌前對著電腦打字時，同一組的村井過來搭話。

「聽說妳自己在開發新的專訪企畫？」

「還沒開始行動啦。」

「有幹勁就是最重要的囉。」

日向子分發過來後的第一個任務，正是協助村井主導的案件。當時那個被通緝的嫌疑犯久保塚恒太仍在逃亡中，前幾天接獲他潛伏福岡的情資，同一小組的椿還爲此飛了一趟福岡，可惜沒有太大收穫。

村井也鎭日奔忙，彼此雖然會在辦公室裡遇到，倒也很久沒機會像這樣閒聊了。

「妳打算接洽看看的有哪些人？」

村井問得隨性，日向子毫不猶豫地拿名單給他看。村井是千石社的約聘記者，在案件組的資歷很深，深受部門信賴，對日向子來說也是一位可靠的前輩。和她調過來這個部門前對週刊記者的想像大不相同，村井身材中等，外表就是個隨處可見的中年男子。他的態度也非常穩重平和，如果能得到他的指點，那眞是再好不過了。

「村井哥覺得如何？」

「嗯，很有意思啊。要是能順利採訪，完成的專訪內容應該會很好。從中感受得到信田妳的幹勁喔。」

「這可是要刊登在《週刊千石》上的啊。」

一定看得出她只是在逞強吧。見日向子嘴角向下一撇，村井就呵呵地笑起來。

「已經寄出邀訪信了嗎？」

「接下來才要寄。草稿已經擬好了，想修飾一下再寄出。」

「既然這樣，在妳寄出之前，我有個提議。」

不明白他想說什麼，日向子歪了歪頭。村井伸長手，敲打起日向子桌上的鍵盤，在網路裡搜尋「青城征也」。

很快地，螢幕上顯示出包括大頭照在內的簡介資料。

就連日向子也知道他是誰。從父母手中繼承了位於新潟的小型服飾工廠，只花幾年就將公司發展爲全國知名服裝品牌的年輕成功人士。除了能在財經雜誌、就業情報雜誌和以年輕族群爲對象的地方情報誌上看到他之外，青城征也最受世人矚目的，還是那不輸模特兒的外表。

日向子第一次知道這個人，是在美容院裡翻看的時尚雜誌彩頁上。一開始還以爲是演員或歌手，後來才發現是青年企業家。當時讚嘆地想，受上天眷顧的人就是各方面都得天獨厚啊。他在雜誌上也很有服飾業經營者的架勢，暢談最新潮流時尚，可以窺見他成功的原因。要是遇到他推銷，自己大概連標價都不看就掏錢買了吧。

雖然青城征也確實是話題人物，但應該不屬於村井的守備範圍內啊。爲什麼他要特地提出這個人呢？

「村井哥，你認識他喔？」

「不，完全不認識。」

「我想也是。」

斬釘截鐵地這麼說完之後才發現很失禮，不過也沒辦法。

「信田也知道他嗎？」

「聽是聽過。」

「這樣就簡單了，妳也寄個邀訪信給他吧。」

無法馬上附和這個提議，嘴上囁嚅著：「可是……」

「這種程度的人不是都會上『談話生活』專欄嗎？說不定那邊已經提出邀約了。」

「確認一下就知道有沒有啦。」

這應該是「只要那邊沒有下手，妳就可以行動了」的意思。日向子又喊了一次：「可是——」

「他會不會不太適合案件組的調性？剛才我才聽山吹哥分享了專訪的經驗談。」

同事山吹也爲了開發新題材，正在努力播種。

聽說其中一個提案已獲得主編同意，而他也完成了自認出色的一次專訪，卻在準備寫成報導時，發生了大大小小的各種意外，報導不得不延後刊登。這段時間受訪者頻頻詢問「怎麼還沒刊登」、「什麼時候刊登」，讓他冷汗直流。和主編談判了幾次之後，最後刊登的專訪內容比預計的縮水許多。

雖然也想避免捏這種冷汗，現在的日向子可沒有自信能寫出足以插隊的報導。

山吹遇到的另一個狀況是，同樣取得主編同意進行專訪而寫成的稿子，卻被主編擅自加油添醋，變成一篇挖苦嘲諷的專訪，和當初規畫的方向完全不同。結果，受訪者大發脾氣，連當初為這次採訪居中牽線的人都被遷怒，聽說日後還遭到貶職。

山吹也為此向主編提出抗議，主編卻反駁「對方說的話一個字都沒更動過」，還說「我們雜誌從來不做幫人抬轎的專訪」。什麼是幫人抬轎的專訪，山吹也搞不清楚了，只好默默閉嘴。只是他到現在似乎仍心有不甘，直說自己實在太嫩了。

「就算現在能採訪到青城先生，主編也不一定會用我的稿子刊載吧。」

跟村井說了山吹的經驗談，村井「嗯唔——」地嘟噥了幾聲，無法說出「沒這回事，沒問題的啦」。

站在日向子的立場，可不想主動對受訪者玩兩面手法。與其那樣，還不如去接洽不夠清白的負面人物。

「我能理解信田妳為何如此提防，畢竟我們雜誌就是這樣的雜誌。」

是吧？日向子用力點頭。

「以八卦、醜聞為優先是無可奈何的事。但是，只要事先說清楚，大部分人都能理解。山吹那篇被改了方向的專訪，我沒記錯的話，受訪對象是某個提倡改革的在野黨議員。若說山吹在事後感到心有不甘，不甘心的對象應該不是主編吧。」

「欸？」

日向子這麼一質疑，村井就露出「喂喂，妳太誇張囉」的表情。

「再去問山吹一次吧。包括我剛才說的『提防』在內，妳應該當心注意的對象是誰，如果妳以為是主編或總編，那可就錯得太離譜了喔。」

「咦，可是……」

「無論是事前的仔細調查，還是思考藉由報導能夠達成什麼目的，這些都是準備階段不可或缺的工作。在不知不覺中產生先入為主的觀念是人人都有可能犯的錯，但是面對受訪者時，一定要盡可能摘下有色眼鏡。有色眼鏡，妳知道指的是什麼吧？」

「偏見和主觀？」

「對。要仔細觀察對方，深入其內心深處，想盡辦法引導對方說出真心話。這才是採訪者的功力所在。信田，妳不妨先試試接洽同年齡層的對象啊。把自己當作社會上的後輩，向這位在事業上繳出一張漂亮成績單的成功前輩提出最直接的問題，這樣應該能寫出有趣的專訪文章喔。」

日向子遲疑地點了點頭，不確定到底是要點頭，還是搖頭。

「若是能順利邀請青城征也接受專訪，我也會支援妳的。妳先寫一封讓他有興趣接受專訪的邀約信來看看。」

村井說到這個地步，日向子已無法退縮。光是被指出自己錯得離譜，就讓她忍不住想好好表現扳回一城。看著螢幕上那個五官俊秀帥哥充滿魅力的笑容，內心更加不安躁動。

□

按照村井所說，隔天立刻抓住山吹問了那個經驗談真正的意思。結果他在說了「那件事啊……」之後，眼神望向遠方，說起關於在野黨議員專訪的事。

「看到主編改寫過的稿子時，我臉都綠了，老實說，對他那種挖苦嘲弄的寫法也很火大。可是啊，仔細想想才發現，採訪當下我完全被對方的言行牽著走，這才正視到自己有多嫩。」

「到底是怎麼回事？」

「我不是和妳說，對方看到登出的專訪文章之後大發脾氣嗎？連中間牽線的人都被遷怒。仔細想想，這反應未免過度了吧。反過來說，對方原本期待看到一篇能幫助他提升形象的報導。差點被他利用了。」

「怎麼說是利用。」

山吹指的不是自己，而是《週刊千石》。從週刊的發行量來看，無論好壞都具有很大的影響力。受訪者想利用的就是「好的」影響力，這就是他的目的。

「主編不是說我們不做幫人抬轎的專訪嗎？以結果來說，主編其實救了我。要是直接把我的稿子登出去，那個老奸巨猾的政客一定會在背後偷笑。」

嘆口氣，山吹接著又說：

「訪談當天見面時，只覺得他人很好。談話內容也多處引起我的共鳴，甚至覺得感動，打從心底想支持他。後來才深深醒悟這麼想的自己有多淺薄，實在太可怕了。」

日向子也有同感，太可怕了。

「也就是說不能太相信受訪者嗎？一開始就要抱持著懷疑的態度？」

「我在這件事上學到的教訓就是這樣沒錯。如果是上電視，觀眾可以透過表情、聲音自行判斷，但是週刊報導只能透過印出來的文字傳達，報導內容的方向不同，給人的印象就大不相同。站在編輯這一方，我們可說責任重大。」

「即使對方看起來是好人也要保持疑心，另一方面，就算內心懷疑，表面上還是要笑容可掬地和對方接觸，是這樣嗎？否則就無法誘導受訪者講出真心話了。」

看日向子有點沮喪，山吹仔細思考後又開口：

「應該說是不能輕易下定論吧。或者說，要站在別人的立場想，不可自以為是。以前有個演員從原本預定的舞台劇被換角，大家都在傳可能是酬勞沒談好，或是和一起合作的演員起了爭執。就算去問經紀公司，也只得到模稜兩可的回答。我們雜誌針對這件事寫了篇嘲諷報導，但因為受訪者中也有擔心那位演員身體狀況的人，於是報導最後以『如果是得了急病，希望他早日康復』總結。結果，就在週刊發行當天傳出演員過世的消息。萬一那篇報導內容只有對他的揶揄，一定會讓讀者留下不愉快的印象，失去對雜誌的信任。」

光是懷疑好像也不行，必須時時保持中立。村井想說的也是這個意思吧，那個「拿下有色眼鏡」的忠告。

□

即使小心避免先入為主或偏見，但是當對方是個閃亮型男時，難免會不知如何應對，內心充滿遲疑。受不了說不出打動人心的讚美之詞、只能不斷嘆氣的自己，日向子打了電話給明日香。

一聽到青城征也的名字，明日香就激動大喊：「真的假的！天啊！好強！」

「又不是已經敲定專訪了，我看最後一定是毫無回音吧。」

「但如果順利，就能見到他了耶。原來待在案件組也有好事，加油囉，我支持妳。」

光是聽到明日香開朗的聲音，就能獲得激勵。隸屬於業務部的明日香，總是很期待在自己負責的地區舉辦活動。雖然是半開玩笑，但若在明星出書或是發行寫眞集時，只要舉行簽書會或握手會，身爲業務的她說不定就能貼身接近對方。可惜千石社很少出版這類書籍，所以她這個心願根本很難實現。

「對了，我要開始搜集關於青城的資料，妳知道他有上哪些電視節目嗎？要是有錄影存檔就更棒了。」

「我有個朋友比我更熟悉這方面的事，我去幫妳問問。」

明日香似乎立刻採取了行動，日向子隔天晚上就接到她的訊息。可惜對方也沒有錄影存檔，只有搜集來的資料。目前青城好像只上過三、四次電視，不是一般綜藝節目的嘉賓，而是在節目介紹時下最新流行時發表評論，或是在介紹到自家品牌時發揮廣告效益，沒有因爲上電視就忘記自己的本業。從外表看不出他這麼踏實，不過這應該也是偏見吧。

青城征也出生於新潟縣新潟市，從地方高中畢業之後來到東京上大學。大三那年夏天，他和父親經營的服飾工廠製造部門合作，成立自己的品牌，也積極投入網路銷售。對於他之所以投入服飾業，是因爲父母就是做衣服的，還是因爲他原本就對流行服飾有興趣？他曾在接受訪談時笑著說，這個問題就像雞生蛋，蛋生雞一樣，不知道孰先孰後。

家傳的服飾工廠曾因不景氣而業績下滑，面臨倒閉危機，但是他從學生時代就協助公司的庫存管理和店舖經營，畢業後更正式進入公司進行種種改革。其中尤以煥然一新的品牌引發話題，營業額也順利成長。父親見狀，便將經營全權交給兒子，自己退居董事會長。一位青年社長就此誕生。

不單只是繼承家業的富二代，正因他也吃過一番苦頭之後才有今天，因此更加引起人們的好奇。從過往訪談內容看來，他除了態度親和之外，回答問題也簡單明瞭。配合不同的採訪者，能聊嚴肅話題，也能開不矯揉做作的玩笑，絕對是聰明的人。從他體恤員工的話語當中，不但感受到強烈的責任感，也可窺見其善良的個性。員工們一定很仰賴他，對公司而言，他是有如救世主般的存在。

將資料大致讀完一遍，日向子已被這些資訊餵飽，不知從何下手才能找到出人意表的話題。看著他面帶爽朗笑容的照片，只覺得這個人很難親近，無論是自己，還是《週刊千石》，都無法深入他的內心世界。

世上沒有完美的人，他一定也有缺點或弱點，可是，找出那些又能怎樣？自己根本不想做對優秀事物雞蛋裡挑骨頭的卑鄙小人。問題是，《週刊千石》正是這種卑鄙小人。

下不了決心的日向子，就這麼來到公司，正在桌前辦公時，村井走了過來。心想大概是爲了那件事吧，果然，村井開口問的就是青城征也。

「如何？進行得怎樣？」

日向子一臉憂慮地將現狀告訴他。

「這樣啊，今天我給妳帶了個小禮物喔。」

說著，交給她一個ＵＳＢ隨身碟。

「妳現在能看看這個嗎？我等一下來問看了之後的感想。」

不等日向子回答，村井又匆匆走出辦公室。不知道他何時回來，雖然提不起勁，又不能裝作沒這回事，只好將隨身碟插上自己的電腦。打開一看，似乎是電視節目的影片。

掌聲中鏡頭拉遠，看似主持人的女性堆著滿臉笑容介紹今日嘉賓。下一個鏡頭拍的就是穿西裝的青城征也。只見他坐在沙發上，低頭打招呼時表情有點緊張。主持人一說請放鬆一點，他唇邊便綻放一抹笑容，連背景的花朵都增添了幾許光輝。

這是日向子沒能拿到的節目錄影內容，村井貼心地為她準備了。

可是，為什麼？為什麼要好心做到這個地步？

如果只是普通事業有成的青年企業家，村井應該不會推薦自己專訪。

這麼一想，後頸忽然竄過一絲寒意。影片裡的年輕帥社長不時歪著頭尋思適當的話語，偶爾聳聳肩露出羞赧的笑容，一舉一動都吸引著人們的目光。

錄下的節目影片總共有三部。全部看完一遍之後，又重新再看了一次。試圖從中找出引發村井注意的點。但是不管怎麼看，青城都沒說出任何奇怪的話。表情也很自然。

一個小時之後，村井打來電話，說原本打算處理完事情就回公司，沒想到比預計花上更多時間，必須直接出發了。

「謝謝村井哥提供錄下來的影片，之前我想看卻找不到，您真是幫了大忙。」

「是嗎？那太好了。」

「會動的青城征也，比照片看起來更光彩動人呢。」

「確實如此。邀約專訪的事，妳一定要加油喔。」

電話這頭的日向子點頭，懷著與過去不同的心情挺直背脊。

「我會試試的。」

「喔喔，真靠得住，期待妳的表現囉。」

一定有什麼。光是這點，就讓日向子的心情自然而然地轉變。

「先寄出一封讓對方想接受專訪的信吧，這是第一步，對吧？」

村井頓了頓，才再度開口：

「告訴妳一件或許能拿來參考的事吧。那傢伙比外表看起來貪婪多了，也非常有自信。妳只要寫出能搔到這種人癢處的信就對了。」

掛上電話之後，日向子還一直把手機拿在耳邊。手指完全僵住了。

過了一會才察覺，這種時候只要想「很有意思嘛」就好。

於是試著刻意發出聲音把話說出口：

「事情變得愈來愈有意思了嘛。」

順便想練習「冷笑」，可惜臉頰不聽話地抽搐，正好路過的主編看到嚇得皺起眉頭。

□

村井說的那些，不管怎麼想，都不屬於好評價。如果他說的是眞的，青城就是表裡不一的人了。至少，表面上是個謙虛溫和的好青年。

到底要不要揭穿他的另一面，現在已經由不得日向子自己選擇了。《週刊千石》已經有人盯上青城，這幾個月的經驗讓她明白，光是這樣就夠嚴重了。村井一定從哪裡獲得了值得注意的情報，甚至很有可能已經抓到幾條狐狸尾巴了。

在這樣的前提下，他卻要自己這個菜鳥記者去製造當面專訪青城的機會。目的是什麼？爲了讓自己能在不被狐狸尾巴影響的情形下直接試探青城嗎？說不定村井希望日向子能對青城提出某些問題。

日向子緊張地繃著身體面對邀訪信。主編似乎也知道這個狀況，本來一如往常地要叫日向子去跑腿，一看到她又說「啊，對喔」，改口要她回座位。剛才看到自己練習冷笑時，一定也不是眞的被嚇到。

代替日向子去跑腿的阿久津跑過來，壓低聲音問：「是大案子嗎？」聽到答案是「專訪」時，狐疑地瞪大眼睛，又問專訪對象是誰？稍微猶豫了一下，還是老實告訴他。

「青城征也嗎？爲什麼是我們組？『談話生活』找他還比較正常。」

「是啊。我也一頭霧水。我說想做專訪，就被建議找他了。阿久津，你有沒有想到什麼可能？」

阿久津先是回答「沒有」，又皺起眉頭沉思起來。

「青城是哪間大學畢業的？」

聽了日向子的回答，阿久津臉色大變。

「上次主編問我有沒有認識那間大學畢業的人，我一時想不起來就搖頭了，現在想想眞可惜，感覺其中應該有戲。」

「是嗎？」

「信田姊爲什麼不知道詳情啊？問村井哥或主編不就知道了嗎？妳沒問？」

「沒有。」

只要追問主編，或許他會說。可是，以他的個性，該說的話就會主動說。之所以不說，一定有理由。或許他是不想讓現階段已經感到壓力的小菜鳥承受更大的壓力。

「我不是很清楚，但我好像只要發揮什麼都不懂的菜鳥迷妹特性，去拜託嚮往的成功人士『請讓我專訪您』就好。主編也好，村井哥也好，他們都只對我笑笑說加油而已。」

阿久津發出短短的一聲「欸」，聽起來也像是「呃」。和日向子一樣，他也很怕那兩個人的微笑。講到這裡，他就速速跑回自己的位子了，這同事真不可靠。

硬是壓下多餘的雜念，日向子拚命思索該寫什麼來請求青城接受專訪。或許可以急切地表示自己想親手寫出令人耳目一新的專訪？如果他真是野心家，這種說詞或許會有效。

考慮到他的守備範圍，選了一些包括網路商店和實體店舖的關聯性、海外與國內製衣工廠的不同，年輕人與高齡者的雇用問題、首都與地方的經濟落差等較硬的主題。

軟性議題方面，日向子打算說自己不擅長穿搭，不好意思走進服飾店，請他建議該如何與店員互動，希望能透過這類問題看到他真實的一面。這種想打扮卻脫離不了土氣女孩的設定，說不定能打動自信十足的他？其實也不用特別設定，自己本來就是這種女生，想想真是悲哀。

信末寫下具體日期，列舉了幾個候補日期讓他選擇，或者除此之外他方便的日子也可以配合。地點打算預約飯店房間，不知他意下如何。日向子又補充道，餐廳或咖啡店包廂、會議室或敝公司的會客室也可以，請儘管提出要求。

先打草稿再謄寫浪費了不少張紙，但這也是爲了避免邀約失敗。

□

或許是上天聽到了日向子的祈禱，信寄出後的隔週四，自稱青城祕書的女人打電話到編輯部，給了一個日期，說如果這天可以的話，願意接受專訪。這段時間日向子都安排了方便請人代班的工作，因此立刻回應對方這天沒問題。

「關於地點，青城先生有希望的場所嗎？」

「交給您決定就好。」

「那麼，我想地點應該會在飯店。等預約完成後再和您聯絡。我也會再製作包括酬勞明細在內的委託書。真的非常高興青城社長願意接受專訪……我可以稱呼他青城社長嗎？請代我向青城社長轉達謝意，當天我會全力以赴，專訪前也一定會好好做功課。」

聽了日向子使盡渾身解數，用比平時熱情三倍的語氣說的話，祕書也絲毫不爲所動，爽快地回應：

「我們員工都稱他社長，您若不嫌棄的話，用『先生』稱呼他就可以了。」

「那就請容我稱呼青城先生了。」

「好的。您是信田日向子小姐吧？收到您用心的親筆來函，我們社長很高興喔。」

「太感謝了。那麼就請多多關照。」

此時的興奮不是演技，不管怎麼說，總算突破第一道關卡。日向子不禁握拳大呼：

「太棒了！」

一掛上電話就衝向主編桌旁。聽完日向子的報告，主編也很為她開心。「太好了呢。」「我辦到了！」這樣的對話令日向子感到自豪，順便與主編商量了可以預定的飯店等級和酬勞價位。

主編開的預算都是中等價位，儘管如此，這篇不是震驚社會的八卦報導，以無法保證何時刊出的專訪來說，能有這種規格已經很不錯。

日向子不由得產生一種連自己也受到重視的錯覺。即將在城市飯店的一室之中，坐在可瞭望高樓大廈的窗邊沙發上，一邊喝著客房服務送來的咖啡，一邊和受訪者就事先已設定好的題目進行交談。和站在貼著「小心惡犬」的民宅外被狗吠、還得拜託住戶受訪相比，這簡直是夢一般的工作，不用擔心對方明明只回了一句「那種事誰知道」卻兇巴巴地要求付費，也不用像苦行僧般站在臭氣熏天的巷弄裡等上兩三個小時了。

不愧是專訪。而且是在飯店。對方還是個帥哥。主編也爽快地答應。

也難怪自己笑得停不下來。自從調到《週刊千石》之後，還沒做過比這更順心的工作。至少表面上。

雖然有句格言說「天下沒有白吃的午餐」，但現在就先把這句話拋到耳後吧。「美麗的玫瑰都有刺」也是。「天有不測風雲」也別放在心上了。

日向子按照正常程序進行這份工作。訂好適合用來對談的飯店房間，然後與酬勞的金額一起告知對方，順便詢問當天可否拍照。回信中表示只要刊登前先讓他們確認就可以拍照。這麼一來，也得安排攝影師了。

一陣手忙腳亂之中，就在專訪前夕，村井來了聯絡。雖然已經把青城答應接受專訪的事告知他，但他一如往常地忙碌，只說了句「太好了」，眞擔心就此得不到任何建議。因爲日向子一直以爲他還會做出第二階段的指示，或是專訪時一同出席。

日向子說想當面談談，村井提議約在轉運站裡的咖啡店，於是日向子立刻趕了過去。

隔天就是專訪的日子了。

「如何？都準備好了嗎？」

「好了……應該吧。」

「那就沒問題啦。信田在前一個編輯部時也有過專訪經驗吧？基本上都一樣喔。」

聽他說得簡單，日向子反而困惑了。

「那除了基本以外，還有什麼需要注意的嗎？」

明明那麼積極推薦專訪青城，現在又一副不在乎的樣子。眞是搞不懂村井的想法。

「和『談話生活』不一樣，我們要先看對方怎麼出招，然後見招拆招。談經濟問題也好，談今後的展望也好，最好都要保留《週刊千石》的犀利度。」

「我會努力的。提問的內容也已經給主編看過，只是……想請問村井哥對於青城征也有沒有什麼想法？你建議我專訪他的理由是什麼？」

村井別開視線，像忽然想起似地拿起桌上的咖啡喝。

「當然不是沒有，只是現在還沒有足夠的證據可以說。」

「所以，青城征也有什麼不妙的傳聞嗎？」

坐在靠裡面的位子，其實不用擔心被周圍聽見，但日向子還是自然而然地壓低了聲音。村井點點頭。

「可是我也在網路上搜尋了一下，什麼都沒發現啊。」

「他重振了公司是事實，或許也眞的有經營者的才能。正如妳所見，是一個具備領袖風采的人。」

「明天專訪的眞正目的，我不要知道比較好，是嗎？」

村井把咖啡杯放回杯碟，輕輕嘆口氣。

「沒想到讓妳思考這麼多，抱歉吊了妳的胃口。不過，明天的專訪只要能言之有物，融洽進行，就很足夠了。這話是眞的。光是能和他建立關係，已算有所收穫。」

「是這樣嗎？」

「如果妳在專訪途中察覺到或領悟到什麼，千萬不要表現在臉上喔。」

村井的表情從頭到尾都幾乎沒有變，但最後一句話卻特別強調了語尾。接著又說：

「要是有機會，看看能不能和他交換私底下的聯絡方式，如果能成功就太棒了。」

「我嗎？」

和那個大帥哥交換私底下的聯絡方式？

「不用勉強，看當場狀況，如果可以就這麼做。」

身爲女人，要是被說「反正妳一定不可能」，心境倒也很複雜，但又無法誇下海口說

「沒問題，交給我就對了」。

「知道他私人的電郵或電話要做什麼？」

「或許會有需要，到時候就方便啦。」

「可能會有這個需要嗎？」

「還不確定。說到底，目前這個階段無法判斷他是什麼顏色。是白色，還是黑色，或者只是有點踏入灰色地帶？信田妳就裝作什麼都不知道，盡可能抓住這個難得的機會，和他建立交情吧。」

沒有具體指示，增加的只有不安。但也只能去執行這件令人不安的任務。

日向子再度找了明日香商量，買妥當天要穿的新衣服。猶豫許久之後，終於還是選了青城創立的服飾品牌，買了高雅的米色罩衫和及膝一片裙。鞋子選的是中跟素面包鞋。之後又去了美甲沙龍做指甲，髮型則決定當天早上先去一趟美容院整理。

要是可以，希望能照村井說的，順利和青城交換私人聯絡方式。想到對方畢竟是時尚界人士，對外表就多用了一點心。這次任務和在巷子裡埋伏可不一樣，而且再怎麼說，也是自己第一次主導準備的企畫。

□

專訪當天明日香有其他工作，只在化好妝時傳了照片給她，做好頭髮後也傳了一張。

「不錯，很好。很可愛，很可愛。」

明日香傳來帶著表情符號的這句話，日向子決定視爲讚美。中跟包鞋比想像中難纏。一同前往採訪的攝影師是熟識的州崎。雖然有他在感覺安心許多，但也不可否認有點尷尬。果然不出所料，兩人在飯店附近咖啡店碰面時，州崎故意露出誇張的驚訝表情。

「妳今天還眞是盛裝打扮。」

「再繼續說下去我就告你性騷擾。」

州崎誇張地用雙手摀住張開的嘴巴。

「沒辦法啊，第一次做這種工作，對方又是時尚界的人。」

「我什麼都沒說喔。」

「你想說的都寫在臉上了。」

「我可負不起這種責任。要告我什麼的，那種粗俗的話就先別說了，今天的主導權都在日向妹妹手上喔。我只是被叫來拍照的一介攝影師，除了拍訪談對象的照片之外，沒有任何企圖，也不要想靠我喔。可以嗎？」

在他特意叮嚀下，日向子只發得出模稜兩可的：「喔……」

「換句話說，今天日向妹妹的地位比我高，妳自己也要有這心理準備。」

「咦——」

身為身經百戰的攝影師，州崎的資歷可比日向子老多了，一起出任務時，只要日向子一出什麼差錯，總是立刻換來他的一聲「嘖」。

「咦什麼咦？妳今天不是要扮演一個幹勁十足的積極女生，來倒追對方的嗎？」

「才不是咧，你聽誰說的啦。只是邀訪信寫得比較熱情而已。」

「那就從頭到尾貫徹那份熱情吧，振作點啊。」

早知道就找普通一點的攝影師一起去。日向子內心偷偷這麼想，但絕對不能說出口。身邊跟了最讓自己抬不起頭的人，日向子實在沒自信扮演和平時完全不同性格的角色。

「我沒自信。」

「夢話等回家睡覺再說吧，時間差不多囉。」

州崎抓起帳單，在日向子臉前揮了揮。

「能在《週刊千石》裡占據半頁版面是很不簡單的事喔。妳現在就是要去做這種不簡單的事。別在意我的臉色了，勇往直前吧，一決勝負啊。」

日向子搶走帳單站起來，付完錢，請店家開了給千石社的收據，然後給自己打打氣。都到這地步也不用怕被州崎笑了，現在的自己另有奮戰的目標。

振作吧！

□

約好在飯店大廳碰面。先到預訂的房間檢查後，下到大廳，站在靠近沙發區的柱子前等待。不到十分鐘，比約定時間早，一個穿著襯衫、身材修長的男人就出現了。是青城。

走到東張西望的他面前，日向子深深一鞠躬。意外的是，青城沒有帶祕書來。

「您一個人來嗎？」

交換名片後，第一件確認的就是這件事。

「能一個人前往的地方，我通常都一個人行動。今天也是搭地鐵來的。這間飯店雖然是第一次來，但出入口都沒搞錯喔。」

青城淘氣地笑了笑，露出雪白的牙齒。這麼一來，清俊的五官更讓日向子無法抗拒，整顆心都被吸引了。

立刻帶青城走向電梯，踩在大廳柔軟的地毯上，感覺就像漫步在雲端。

一邊走，一邊不斷地跟他道謝。

「信田小姐，妳在信裡寫自己進公司第二年，今年才剛調到週刊編輯部，對吧。真的看起來還很學生樣呢。啊，我這麼說請妳不要介意。」

「怎麼會介意呢，不管走到哪裡，大家都這麼說我啊。像剛才那樣遞上名片時，很多人都會狐疑地多看兩眼，好像不太相信就是我本人。」

「我想也是，就好的意義來說，也算是出人意表。老實說，我在接到《週刊千石》聯絡時，心裡還真嚇了一跳，不記得自己做過什麼會被週刊報導的事啊。不過，讀了信的內容才發現，妳真是非常清純的人。」

他又這麼說著然後一笑，日向子差點往後退。內心暗忖：受驚嚇的人是我吧。不知該做出何種表情才好，腳下飄飄然地踏進電梯。

事先準備的房間是比一般兩床雙人房還大的寬敞行政套房。耳邊傳來喀啦喀啦的聲音，州崎正在架設器材準備拍攝，看到這個才想到房裡還有自己熟悉的攝影師在。剛才兩人明明一起下樓，等待青城時州崎也一起在大廳，日向子卻完全忘了他的存在。

即使知道自己手忙腳亂，然而一旦青城進入視野，腦中就只有他了。比電視上看到的他更出色，不只長相俊美，體態也很好看。從髮型到指尖，一切完美得彷彿經過精密計算，卻又絲毫不矯揉做作。就像欣賞美麗的花朵一樣自然，不由得看傻了眼。

「喂。」

當青城在窗邊開心看風景，日向子也沉浸在幸福滋味中看著他時，背後傳來一喝。回頭一看，州崎一臉凶狠地使了眼神。

還沒搞懂他的意思，他就說了：「快叫客房服務啊。」

「啊，糟糕，對喔。不好意思，在開始專訪之前，請問您想先喝點什麼飲料？」

把桌上的菜單拿給青城，他毫不猶豫選了熱咖啡。日向子點紅茶，州崎要冰咖啡。打電話點餐後不久，服務生就恭敬地將飲料送上來了。

到了這時，日向子才從包包裡拿出資料，州崎開始測試相機。

一切都設定好後，準備進入正題。從一點半會合到現在，已經過了十五分鐘。青城說他等一下還有事，專訪時間只能安排到三點。沒時間繼續沉迷在他的美貌中，日向子趕緊將全副精神集中在如何引導他說出過去沒被印成鉛字，也沒在螢光幕上說過的話。

正式開始訪談之後，對話相當順利也很開心。雖然開了錄音筆，還是在筆記本上記下了幾個關鍵字。尤其是關於雇傭問題，青城站在年輕經營者角度，暢談了對年長員工到年輕員工的不滿與期待，確實有不少值得深思的地方。

不只訪問的一方提問，青城也向日向子提出對出版業的疑問。和他分享身爲週刊雜誌記者的日常小插曲，他似乎聽得很開心。看來，青城也很擅長當一名聆聽者。

聊到彼此的故鄉，日向子說自己的老家在千葉內陸。青城似乎因此產生親近感，兩人聊起東京和鄉下地方的不同，氣氛炒得相當熱烈。

「信田小姐，妳去過我們新潟嗎？」

「去過新潟縣，但沒去過新潟市。那是個大城市吧？聽說也是縣政府所在地。」

「是喔，妳該不會是去滑雪的吧？」

「不，是去工作，今年春天短暫去了一趟。」

說到這裡，日向子全身倏地僵住。瞬間從舌尖到拿筆的手都定格了。幸好青城正好低頭看問題，似乎沒有發現異狀。就在呼吸開始困難時，州崎拿起相機，說要配合窗戶採光拍幾張照片。

為了不妨礙拍照，日向子站起來。手腳僵硬，動作也不自然，只能慶幸兩個男人專心在拍攝上，沒有注意到她。她立刻躲進廁所，看見鏡子裡的自己，臉上的表情像快哭出來一樣。想把這個表情沖掉，日向子打開水龍頭。

打從一開始就知道青城是新潟人。另一方面，日向子這個春天調來《週刊千石》的第一個任務，就是被派往新潟，調查遭通緝的殺人事件嫌犯久保塚恒太造訪過的地方。

那次任務雖然做了白工，但也聽說了久保塚原來出身新潟，還在新潟市住過一陣子。而負責追查那起案子的不是別人，正是村井。

這是巧合，一定是巧合。日向子如此說服自己，但又立刻搖了搖頭。不可能有這麼巧的事。為什麼之前一直沒發現呢。要是早點察覺的話，現在就不會這麼震驚了。

「信田小姐。」

有人叫了她，是州崎。聽見他低沉的聲音，想起村井說的話。上次在咖啡店碰面時，他曾對自己說：「如果妳在專訪途中察覺到或領悟到什麼，千萬不要表現在臉上喔。」

日向子答了一聲：「來了。」便走出廁所。手腳已經不抖了，表情也不再僵硬。一邊說著「不好意思」，一邊微笑著回到座位。

「我好像太緊張了，不知不覺出了一手的汗，真丟臉。」

「完全看不出來唷，聊開之後，妳不是挺放鬆的嗎？」

「對啊，我自己也以爲很放鬆呢。」

爲了表示附和，日向子故意聳聳肩，雖然沒有吐舌頭，但仍刻意營造出俏皮的感覺。心想，今年三月之前的自己才沒有這種本事，是四月之後的這幾個月改變了她。接二連三造訪陌生城鎮，拜訪不認識的人，其中有人親切相待，也有人破口大罵。這些一般人在日常生活中很難遇到的事，現在她卻是天天都在體驗。

要是沒練出在這種時候也能裝作若無其事的厚臉皮，豈不枉費這幾個月吃的苦。那些體驗，肯定都是爲了今天而做的訓練。

若無其事地微笑，妙語如珠地交談，放鬆緊繃的肩膀。

剛才拖延了時間，現在得加快節奏，包括自家工廠的製造效率和網路銷售等，直到最後一刻還有聊不完的話題。

三點快五分時，看到青城頻頻注意手錶，日向子便結束了專訪。州崎留在房內整理攝影器材，只有日向子一個人送青城離開。日向子在走廊上一再地向他道謝，青城也露出滿意的表情，表示今天的專訪很愉快。

來到電梯前，日向子從口袋裡拿出預先準備好的名片。名片背後寫著自己的手機號碼和電郵信箱。儘管無法控制加速的心跳，臉上還是力持鎮定。

「如果今後還有機會見面，請務必與我聯絡。」

一時之間，青城似乎猶豫了該不該收下這張名片。日向子再重複了一次，這次盡可能用俏皮的語氣。

「我會搜集更多週刊雜誌祕辛和各種出版界的趣聞跟您分享的。」

「這我還眞有興趣，妳願意說給我聽嗎？」

「是啊，不過……不能帶錄音筆喔。」

「聽起來似乎很有意思。」

「太好了，一定喔。今天眞的非常感謝。專訪確定刊登日期之後，會另外通知您。」

青城確實收下了日向子的名片。

□

站在飯店大廳目送青城離去，直到看不見他的背影，日向子才轉身回房。器材早已收好的州崎坐在床緣，雙手交叉在胸前，臉上是嚴肅的表情。

看到這個，日向子的心跳再次加速。這位資深攝影師向來拍的都是醜聞八卦的現場目擊照片，像這種專訪報導的人物照，照理說都會找其他攝影師擔任。

「唷，辛苦啦。」

一見到日向子回來，州崎就揚起一隻手這麼說。

日向子搖搖晃晃地走進房間，不是用坐的，而是攀住辦公桌旁的椅子。眼神飄向窗邊剛才用過的沙發，全身頓失力氣，呼地發出不中用的吁氣聲。

「我不行了，現在的我就像一隻被撒了鹽巴的蛞蝓。」

「妳在說什麼啊？表現得很好啊。」

「有嗎？真的有嗎？」

「看到對方那一刻差點跌倒就是了。」

想起當時的興奮，日向子用力點頭。

「他比想像中還帥啊，而且一看到我就微笑耶，我根本是遇見王子的村姑。」

「一下蛞蝓一下村姑，忙不忙啊妳。」

「抱歉忘了點客房服務，謝謝你提醒。拜你之賜，之後的訪談總算勉強順利完成。」

「真的是勉強。」

自己說是謙虛，被人家這麼說就沒面子了。

「總而言之，青城先生就和事先調查的一樣，不是只有外表好看，也是真的有實力的青年企業家。」

「喔？」

「本來是這樣，但訪談時我忽然想到奇怪的事。青城先生不是說他老家在新潟嗎？」

懷著忐忑的心情這麼一問，州崎便把嘴抿成了一直線。

「我今年春天也去了一趟新潟，爲了久保塚恒太那個案子。該不會……我是說該不會……這只是巧合吧？」

「村井兄怎麼說？」

「他沒說太多，我也沒問。不過他提醒過，專訪中就算想到什麼，也要裝沒事。」

看州崎點頭，日向子往前探身。

「那兩人應該無關吧？年紀也不一樣，青城先生大久保塚三歲，不是嗎？」

「聽說他們國小國中讀同一所學校喔。」

「欸？所以他們認識嗎？」

「久保塚從小就不學好，高中時因傷害罪被捕，受過保護管束處分。之後他來到東京，去找過青城很多次。」

「爲什麼？就算國小國中同校，一般也不會去找對方吧？」

青城高中就讀不錯的升學名校，後來考上國立大學。照州崎剛才的說法，久保塚和他讀的應該不是同一所高中，兩人就算認識，也早已走上不同的人生路。

「可能有什麼把柄在久保塚手裡，被他勒索了吧？久保塚年紀雖然比較小，但恐嚇要錢本來就是不良少年的專長。」

想起剛才還坐在這裡的那個人，差點脫口而出「太可憐了」。日向子咬住嘴唇。

「村井哥說青城先生是個貪婪又有自信的人，如果是這樣的話，說他會被比自己小的人恐嚇，實在不太合理。而且還不是一次兩次。」

「喔，厲害喔，日向妹妹。還以爲妳會說『那麼優秀的人怎麼可能有那種黑暗過去』呢。妳否定他的原因是因爲貪婪啊。」

被這麼一取笑，日向子皺起眉頭。

「我還來不及好好觀察他嘛。州崎先生對他的印象又是如何？」

「我覺得這傢伙挺從容的，現場完全在他的掌控之下。有那麼帥氣的外型，加上頭腦又好，也難怪會有自信，更何況人家還有個社長老爸。」

「可是，他家的公司也曾瀕臨破產啊，青城先生還在讀大學時。這麼說來，和久保塚到東京來的時期重疊呢。」

兩人是在什麼情況下重逢的呢？會是正常的往來嗎？

幾年後，其中一方成了殺人事件的嫌疑犯，另一方則成了時尚界的教主級年輕社長。

誰也想不到這兩人有關聯。事實上，在事前調查青城時，日向子也沒懷疑過任何這種可能性。村井掌握到的究竟是什麼情報？

「州崎先生今天來這裡應該也不是巧合吧？」

「人家說有機會近距離觀察他，我就來了。因爲之前只能遠遠拍。」

州崎招招手，日向子在他身旁坐下，朝數位相機的螢幕望去。照片上有看似從餐廳走出來的人影，有正要搭上計程車的樣子，還有在昏暗室內的偷拍，以及和高眺美女的合照。男方的臉雖然沒有拍得很清楚，但從五官看來，應該就是青城了。

「你們從什麼時候開始盯上他的？」

「我不能再說更多了，直接去問村井兄吧。」

「這些都不是舊照吧，如果是最近，就表示他和久保塚到最近都保持聯繫，是不是掌握了這種情報？所以《週刊千石》才會盯上他，青城先生該不會知道久保塚在哪裡吧？」

州崎不說話，日向子繼續說：

「我還是覺得他很可憐。明明是令人這麼有好感又耀眼的人，光明正大走在陽光下的他，卻和遭通緝的嫌疑犯有關係。只能說令人同情了。」

「妳不是說他貪婪又有自信？」

「那是村井哥的意見，我——」

話沒說完，手機就震動起來。朝螢幕一看，不由得嚇了一大跳。

「幹嘛，誰啊？」

「剛才在等電梯時，我把寫了私人聯絡方式的名片交給他。」

「喔喔，挺有一套的嘛。」

「是村井哥說，如果狀況允許就要我這麼做。結果現在，這個……」

打開手機出示內容，上面寫著：「今天謝謝妳，希望還能再見面。」

「還眞短。」

「但這不是工作上聯絡用的電子郵件信箱，是從青城先生私人信箱寫來的。他把我名片上的信箱輸入他私人信箱的通訊錄，然後寄信給我。」

日向子凝視著手中的智慧型手機，彷彿在深海底找到一片發光金屬片般，感受著安靜的興奮。儘管尚未派上任何用場，但還是靠自己的雙手親自抓住了這小小的碎片。

能有下一次機會嗎？日向子察覺到自己想達成這個目標的心情，也踏出第一步了。如果找到女高中生打工地點時踏出的是第一步，去新瀉出差就是第二步，而現在是第三步。

眞相與事實一定會在最後等待自己，而那是只有走到那裡的人才能看見的光景。

「在案件組裡，也有我幫得上忙的事嗎？」

這話聽來像是自言自語，但州崎給了回應。

「我有被叫去支援的案件喔，妳應該也有吧？」

要是可以，就戰戰兢兢地踏出第四步吧。

日向子寫了訊息給村井。提到專訪順利完成，也拿到青城的私人聯絡方式。一樣是一封簡短的訊息。

自己會受到認可，被認爲是有用的人嗎？眞不可思議。明明不喜歡一天到晚被叫去做事，現在卻又希望自己派得上用場。

「好囉，我要去跑下一個任務了。日向子呢？」

這次不再是「日向妹妹」了。

「我要回公司向主編報告。」

州崎離開後，日向子再度檢查了有沒有遺漏什麼，也跟著抓起鑰匙離開。

□

把專訪的錄音內容打成文字之後，再進行取捨。分配到的版面只有三分之二頁，還要放照片。這次不是獨立的一篇報導，而是收在名爲「請教新潮流」的特輯中，除了青城之外，還包括應用程式開發公司社長和電影導演等人的專訪。

雖然版面變小了，但至少逃過無法刊登的命運。因爲內容變短，就得更準確地傳達出他的特色。品行端正的發言很有他的風格，這部分想留下一些。此外，關於零售業的未來展望等嚴肅的話題，以及促進雇傭關係的建言等，這些稍微刺激的內容也不能放棄。

日向子一邊專注於刪刪補補，一邊仔細回想青城的一舉一動。彬彬有禮，態度謙和，個性爽朗又隨和。對他的印象依然不變，只是開始懷疑那是不是他真正的一面。

自己不也在專訪時扮演了幹勁十足的菜鳥記者角色。那些都只是表現給別人看的樣子。對方當然也可能做同樣的事，而且無法輕易看穿。

短短的交談內容，更只是報導中的一小部分。這麼一想，手中的原稿頓時黯然失色，如果那些嚴肅的發言或建言都是裝出來的，感覺這篇文章會稀釋《週刊千石》的內容。

假設他和久保塚恒太眞的有什麼關係，或許只有在查探這件事時能看到他溫文儒雅形象之外的另一面。

村井一出現在公司，日向子立刻跑上前。

「青城先生和久保塚同鄉而且是舊識的事，是眞的嗎？」

「妳聽州崎老弟說了啊？」

看在村井眼中，州崎也成了「州崎老弟」。

「如果是眞的，請讓我再採訪他一次。只有問他關於久保塚的事，才能寫成直逼眞相的報導。我想聽聽不假虛飾的眞正的他怎麼說。」

「不久之後或許有機會。」

原本不抱希望的，聽村井這麼說，日向子反而嚇了一跳。

「信田願意奮不顧身地去做這個案子，對我來說也等於吃了一顆定心丸。」

日向子即將踏出第四步的右腳懸在半空中。

眼前是笑著對自己說「加油囉」的村井。

眞想放下右腳掉頭就走，回去乖乖寫好自己的專訪就好。但是工作哪可能這麼輕鬆。

一回到位子上，內線電話正好響起。接起來一聽，原來是同期的桑原。毫不知情的他以天眞的語氣問：「聽說妳專訪了青城？」

「我現在負責的原稿，是以時尙界爲舞台的小說喔。不知道能不能請青城先生幫忙在書腰上寫幾句話……」

「欸？」

「有什麼問題嗎？」

是啊，就是有問題，所以想奉勸你最好別找他寫書腰。

雖然微不足道，但要是能爲桑原做的書貢獻一點意見的話，這次專訪青城才有意義。

日向子難得懷著積極向前的心情，握緊電話聽筒。

第5回　悄悄潛入

這裡是《週刊千石》編輯部內的會議室。「那麼……」坐在日向子對面的村井率先開口。

四月調來《週刊》後，這還是第一次——當然，村井會把機密情報告訴自己，過去兩人也曾在路邊咖啡廳或公司內的休息區討論工作。但是，日向子從來不曾被叫來這間會議室和村井單獨開會。心情愈發緊張了。

「關於那些與女性相關的連續事件。」

「是。」

早有心理準備，日向子的肩膀用力繃緊，點了點頭。

「我想，得好好向信田說明一次才行。」

日向子目前知道的，只有北濱主編和村井判斷可以告知範圍內的零星情報。

「都說是『連續』事件了，可見案情相當複雜且至今仍不明朗。我先按照時間順序說。信田，妳一邊聽一邊筆記，自己寫過一次的東西比較容易記住。」

日向子急忙打開放在旁邊的筆記。

1\. 三月二十日。上午六點三十分。附近居民在品川區內某公園女廁發現蜷曲倒地的女性。發現時已處於心肺停止狀態，緊急送醫後確認死亡。死者為小宮山春江，三十九歲。住在東京都內港區，職業是美容顧問。死因是體溫過低導致凍死。死前血液中酒精濃度極高，處於爛醉狀態。警方正朝意外死亡與他殺兩方面進行調查中。

2. 四月六日。上午十點四十分。川崎室內某公寓內發現一名女性死亡。之後確定死者爲住在該公寓的上班族木崎侑子，三十二歲。死因是遭人以細長帶狀物勒斃。警方斷定本案爲殺人事件。

3. 四月二十日。晚間十一點十五分。靜岡縣三島市北部，有人發現一輛汽車墜落在縣道旁的一處山崖下。車內有一名女性，雖立刻救出但當時已心肺停止，送醫後確定死亡。死者爲谷岡眞紀子，二十八歲。住在東京都內練馬區，職業爲首飾店店員。死因爲創傷性休克，研判是在汽車翻落山崖時撞擊造成的致命傷。死者血液中驗出安眠藥，警方正朝他殺與意外兩方面進行調查中。

按照吩咐抄下筆記，日向子心情愈來愈沉重，連字都愈寫愈小，握筆的手也愈來愈無力。

儘管通篇都是相同的「發現」、「死因」等詞彙，死去的每一個人都有自己的人生，那原本該繼續下去的，卻在某日忽然中斷。對當事人和她的家人來說，或許不是一句遺憾就能接受。

「以上是目前發生的客觀事實，接下來要說的是搜查進展。第二起事件現場有找到指紋，公寓監視攝影機也拍到可疑人士。比對結果發現，指紋屬於有前科的久保塚恒太，監視攝影機拍到的人影也很可能是他。至於第三起汽車摔落山崖的死亡事件，則是在被害人手機裡找到與久保塚通信的紀錄。兩人似乎約定了當天碰面。現場找到的鞋印，和第二起事件中遺留在公寓的鞋印一致。兩起事件極有可能都和久保塚脫離不了關係。警察對他展開全國通緝之後，又接獲目擊情報指出第一起事件的死者在離奇死亡前，曾和酷似久保塚的男人在一起，於是將第一起事件也加入一連串事件中。」

受害女性彼此之間沒有共通點，案發現場也分別在不同地方，串起這三起事件的正是久保塚。

「他依然下落不明。警方研判逃亡資金見底後他應該會出現，但就現況看來，久保塚的潛伏時間可能會拉長。」

「村井哥，立川那個女高中生後來怎樣了？」

日向子問的是自己剛調到週刊編輯部時出的任務。正因爲有那件事，自己才會一腳踏進這個案子。

「她是我在調查第一起事件時注意到的人。」

「你是說那個凌晨凍死在公廁裡的事件吧。村井哥爲什麼會開始調查那起事件？是看到發現離奇死亡屍體的新聞，《週刊千石》才決定展開調查嗎？」

這是日向子最近在思考的基本疑問。

「那是……有位我認識很久的造型師小姐，她認識在公園裡過世的死者，有天打了電話給我。既然會聯絡我，就表示事情不單純，她說看了新聞總覺得事有蹊蹺。於是，我立刻和她碰面詢問詳情。那位死者小宮山春江小姐開設了與美容相關的公司，自己也是活躍的美容顧問，聽說原本名下資產就很多。造型師小姐極力說服我小宮山不是會死在那種地方的人，但就算她這麼說，我也沒辦法相信啊。如果要說那不是意外或自殺，就得找到證明是他殺的具體證據。她似乎也看出我的猶豫，當場拿出了幾張照片。就是這個。」

村井從牛皮紙信封裡拿出幾張照片，出示給日向子看。照片裡是幾個看起來笑得很開心的十幾歲女孩。地點是室內，似乎是公司會議室之類的地方。背後可看到白鐵辦公桌和椅子。

「聽說小宮山爲想成爲模特兒的女孩舉辦了講座，這是當時拍的照片。小宮山死前不久曾跟那位造型師說，有個比她年輕的男人約了她，使她心情雀躍得像回到年輕時代，還和參加講座的年輕女生討論了關於約會的事。造型師也問了約會的對象是誰？但小宮山堅持不能說，到最後還是沒告訴她。」

「村井哥是認爲那個對象很可疑嗎？但是小宮山可能有告訴參加講座的女生約會對象的名字嗎？」

「就是這麼回事。雖然這充其量只是外行人的推測。再說，現在這種時代，要找出那些參加講座的女生是誰也不難。造型師一一接觸了當時舉辦講座的相關工作人員，希望能問出誰和社長私下聊過天，結果幾乎白忙一場。只知道其中有一個叫橋本圓的女生一直聯絡不上。」

於是，村井開始獨自尋找這個女生。四月初，剛調到週刊編輯部的日向子受託調查的就是這個女生過去打工的地方。那時給了日向子情報的服飾店員也提過橋本圓想當模特兒，參加過類似講座的事。

「起初並不知道久保塚和小宮山小姐的事件有關，是嗎？」

「完全不知道，離奇死亡的女屍和下落不明的女高中生，只因這種組合聽起來就很不對勁，我才會追查下去。沒想到竟然和城市裡發生的殺人事件有關。」

新聞報導了第二起、第三起事件之後，在電視上看到嫌疑犯照片的酒保通報了警察，才知道第一起事件也與久保塚有關。驚訝之餘，村井轉變了方向，開始追蹤久保塚。

前面提到的造型師已將橋本圓的事提供給警方，現在警察也在找尋她的下落。

「在那之前，橋本圓的家人都沒有通報失蹤嗎？」

「聽說家人有收到她用手機寄的簡訊，說自己和朋友在一起，不用擔心，還說報了警她就會很難回家，要家人絕對不可報警。家長隱約知道她有交往對象，對報警也有猶豫。後來想想，她並不是直接打電話回家，只有傳訊息，而那封簡訊也未必是橋本圓自己寫的。」

四月二十日接到最後一封簡訊，之後橋本圓就失聯了。當時的手機訊號顯示地點是川崎市區。

「她是否平安無事呢？」這句話哽在日向子喉頭，說不出口。

之前找尋她打工地點時看過大頭照，眼前照片裡的她更加可愛。一頭微鬈長髮垂在肩上，穿的是胸口有刺繡圖案的民俗風長版上衣。住在東京近郊，就讀私立女高，在車站裡的百貨公司服飾店打工，參加美容顧問舉辦的講座，不難想見這樣的女孩對流行一定十分敏感，夢想成為模特兒或造型師。

「曾經與死在公園裡的小宮山春江小姐討論約會事宜的年輕女生，後來還是沒找到嗎？」

「嗯。沒有其他更可能的人了。後來也有接獲目擊情報，指出小宮山小姐和橋本圓小姐……還是該稱她小妹？總之有人看過她們兩人在一起，是在公園發現屍體兩天前的事。

聽說橋本圓去了小宮山的公司，兩人曾在一樓咖啡廳裡開心聊天。」

橋本圓之所以造訪小宮山的公司，好像是想商量小宮山為她介紹的模特兒事務所的事。或許兩人聊開了，小宮山就把即將與年輕男人約會的事告訴了橋本也說不定。

日向子輕輕咬著嘴唇，出神地想了好一會。「信田。」村井這麼叫她。

「妳不是還有其他想問的嗎？」

「咦？」

「青城的事啊，青城征也。」

「啊啊！」彷彿從頭頂發出驚聲怪叫，日向子激動得甚至要站起來。

「不好意思，就是這個，就是這個。聽說他和久保塚同鄉，兩人到了東京之後還有聯絡，是嗎？村井哥怎麼看這件事？」

村井臉上的表情寫著「終於進入正題了」，嚴肅地點點頭。

「這是還未正式公開的情報，不過，第二起事件的死者認識青城。」

日向子的視線落在自己寫的筆記上。木崎侑子，三十二歲。

大概是流汗的關係，頭皮一陣涼意。

「青城先生和久保塚是舊識，然後，青城先生和死者也認識。換句話說，青城先生認識的人是殺了另一個他認識的人的嫌疑犯，現正遭到通緝。」

「說起來是這樣沒錯。根據我聽到的消息，青城表示對這件事也很吃驚，說自己聽了大受打擊。還說他不認爲久保塚會做出這種事，也不願意這麼認爲，希望久保塚能早日出來投案，證明自己的清白。」

「青城先生和命案無關吧？」

窺探著村井的表情，日向子小心地發問。不知是否流了奇怪冷汗的緣故，喉嚨乾渴。

「被害人的屍體是在死亡隔天被發現的，包括犯案當天在內，前後三天，青城都因公待在新加坡。」

「也就是說他有不在場證明，是嗎？」

「可以這麼說。」

日向子放下忐忑不安的心。但是，青城認識久保塚，而久保塚仍有嫌疑。

「這些情報都是剛才提到的那位造型師小姐，從各種地方打探來的傳聞。第一個被害人是美容顧問，第二個被害人在整個首都都有分店的選物店統籌部門工作，第三個被害人是首飾店店員，青城則是服裝業者，以職業領域來說，並非毫無關聯。」

橋本圓打工的地方也是服飾店，確實都能歸類爲時尚產業，不是分散在不同領域。

「還有，造型師小姐也記得她看過第三個被害人谷岡眞紀子，可能是在某個剪綵或派對的場合遇見過。」

經過一番積極打探，有人介紹了被害人的朋友給那位造型師，聽說已經聯絡過了。

「然後啊……」說著，村井往前探身。

「以我們的立場來說，當然希望能知道詳情，但是飯島小姐……啊，就是那位造型師，卻說不能告訴我。」

「咦？」

「她要我帶年輕的女孩子去，原因見面時才說。信田，雖然這麼臨時，但妳願意和我一起去嗎？拜託妳了。」

瞬間，日向子整個身體往後退縮，但也只是撞上堅硬的椅背。

「上次妳不是還鬥志高昂，說要親自去問青城他和久保塚的關係嗎？拿出當時的幹勁，一定沒有辦不到的事。」

日向子眨著眼睛心想，難道這就是今天的正題。

把與事件相關的種種機密情報告訴自己，目的也是爲了引出這個正題，先讓自己對整件事有個概念，接著就可以去執行任務了，是這樣嗎？畢竟北濱組裡只有日向子一個年輕女生。

「可是……對象是時尚界的人吧？」

今天日向子穿的是黑色棉質上衣和米色裙子。忙到沒時間購物，只能隨便買隨便穿。

這套衣服和量販店的花車商品幾乎沒什麼兩樣，不，說不定根本就是。

沒有發現日向子的猶豫，又或者是根本不在乎她的猶豫，村井站起身。

「哇，糟糕，約定的時間快到了，要是遲到可不妙。信田，總之事情就是這樣，給妳十分鐘時間可以吧。待會樓下大門見。」

來不及拉住他，村井就走出會議室了。只有十分鐘，連補妝都不夠。話說回來，日向子原本就是連眼線都畫不好的人，就算給她一個小時也不夠用。

想著這些無濟於事的事，日向子抓起文具和筆記本起身。

□

和造型師飯島約在飯田橋附近的咖啡店。一走入店內，村井短短說了句「她到了」，就直奔窗邊座位。日向子趕緊跟上去。

那位姓飯島的造型師，是很適合短髮造型的纖瘦女人。即使穿著寬鬆夏季針織衫和牛仔褲，配上土耳其石手環和水藍色指甲油就很漂亮，散發出一股不是簡單角色的氣勢。

看到村井，飯島舉手打招呼，闊嘴露出笑容；看到跟在後面的日向子時，又疑惑地歪了歪頭。

大概認爲日向子不起眼到連低調都稱不上吧。因爲事實就是如此，所以也無從辯解，只能裝作若無其事地打招呼。遞出名片時，狐疑的神情才從對方臉上消失，笑咪咪地接過名片。看來，這位飯島小姐不是一般人。

「她是今年四月剛調到我們編輯部的新人。」

「新進員工？」

「不，進公司已經第二年了。飯島小姐，妳不是說要我帶年輕女孩來才告訴我怎麼回事嗎？現在我可是把人好好帶來了喔。」

「別這麼說嘛。她眞的好年輕，還以爲是學生妹呢，想說眞不能小看村井你，剛才一時之間才會嚇到。」

「眞是的，別說那種話啦。」

站在相談甚歡的兩人身邊，日向子一邊微笑，一邊感到無地自容。

「話說回來，爲什麼我不能一個人來？」

「喔，是這樣的……」

服務生送上咖啡和紅茶時，飯島先左顧右盼了一番。附近有沉浸在快樂氣氛的情侶，和正在吃蛋糕套餐的一群女客。說是附近，也和這邊隔著走道和幾張空桌。

大概認爲沒問題了，飯島終於開始述說。

「不是我要求多，是因爲之前好不容易找到死者谷岡眞紀子小姐的朋友，結果那位……姑且稱她S子好了，那位S子說她和谷岡眞紀子其實並不太熟，還有一個叫『NIKO』的和她感情更好。」

日向子打開筆記本，迅速寫下這個名字。

「NIKO在谷岡小姐身亡不久前與她見過面，聽說當時谷岡小姐說了些令人在意的話。我在想，她可能把什麼東西交給NIKO保管。S子說聽NIKO講的意思應該是這樣。谷岡小姐最後不是那樣了嗎，所以要是知道什麼的話，最好聯絡警方比較好，S子也這樣勸NIKO。偏偏NIKO從以前就很痛恨警察，說絕對不要，不管怎樣都不要和警方聯絡，完全不聽勸。」

「所以警方還不知道這件事？」

「大概吧，S子也沒問。」

「既然如此，那我們該去見的就不是S子，而是這位NIKO囉。」

「問題就在這裡。」

飯島纖細的手指像蝴蝶般舞動，從自己的包包裡拿出一個看似信封的東西。

「我當然也想見見這位NIKO，就請S子介紹。結果她要我買這個派對券。」

「派對券？」

「下星期天的派對，這可不是普通派對喔，是婚姻介紹所主辦的相親派對。而且，那個介紹所很高級，男性只限醫生或律師等高學歷高收入的人報名，對女性的要求也不低，不過收入限制沒有男性這麼嚴格。簡單來說，就是女人可以在那裡找到金龜婿。NIKO也報名了那個派對，會去參加這星期天的場次。S子說，想見NIKO的話就去那裡。」

桌上放的乳白色厚厚信封看起來多了幾分高級感。

「既然要我們買，可見不便宜吧？」

村井這麼問。飯島邊嘆氣邊點頭。

「她說要三萬。」

「好貴！」

「當然也有可能是敲竹槓，但沒辦法。」

「我付我付，這是爲了見到NIKO的門票錢，可以報帳。」

「儘管報儘管報，貴公司可是名滿天下的千石社呢，快拿錢來吧。不過問題是，村井先生不能去。順帶一提，我也不能去。能用這張派對券進場的，只限二十幾歲的女性。」

兩人迅速望向日向子。

「我？」

是二十幾歲女性沒錯啦。

「要我去參加尋找金龜婿的派對嗎？」

當然不是聽不懂這句話的意思，只是有生以來從沒想過要去做這種事。

「請等一下，也可以請村井哥假扮醫生參加吧？」

「這張入場券是女性專用，而且票券顏色也可能隨年齡不同而有差異。我聽說主辦單位對不同年齡女性收的年費好像不一樣。」

也考慮得太週到了吧。沒想到婚姻介紹產業是這麼嚴苛冷酷的世界。

日向子還在困惑，村井已迅速轉換思考，伸手拿起信封。簡單看了一眼就塞給日向子，再從自己錢包裡抽出萬圓鈔票。

「我從來沒參加過聯誼派對。」

「是嗎？那這次會成爲很好的經驗。加油囉。」

「該穿什麼去才好？」

聽日向子這麼一說，飯島睜大眼睛笑了：

「妳擔心的竟然是這個？眞不錯耶。」

村井從旁插口。

「應該確認的重點不是這個啦。妳拿這張入場券潛入後，要怎麼見到NIKO？得先搞清楚這點才行吧。」

不顧冷汗直流的日向子，飯島拿著剛才日向子遞上的名片說：

「妳叫信田日向子啊，我可以把妳的名字告訴給我這張券的人嗎？NIKO是綽號，對方不願意告訴我本名。不過，當天大家都會別上名牌，我把妳的名字告訴她們，讓NIKO自己來找妳說話，流程大概是這樣。妳覺得如何？」

NIKO真的會出現在會場嗎？真的會主動找日向子嗎？這流程也太草率了吧。

村井也露出不贊同的神情。

「那樣真的沒問題嗎？」

「我會再叮嚀對方一次。非常抱歉我無法保證什麼，還是你們打算收手了？」

「不，就試試看吧。飯島小姐幫忙找到的管道，要是不好好珍惜，我會遭天譴的。」

「謝謝，那就拜託你們了。我也希望事情有所進展啊。逃亡者依然沒有被捕，一想到曾經那麼照顧我的小宮山小姐，只要有能做的事，我都願意去做。無論是誰都好，只希望有人能找出這件事的真相。」

聽到「無論是誰都好」時，日向子抬起頭。如果警方能努力解決這起事件，那就再好不過了，飯島大概這麼想吧。包括北濱組在內，《週刊千石》的成員們聽到她這麼說，大概會破口大罵「妳怎麼能講這種話」。然而，那卻是一般市民普遍的想法。只可惜世界上沒有能完美看穿一切的人，也不會有這樣的組織，一定會有從警方指縫間滑落的情報，也有像NIKO這樣無論如何都不想跟警察打交道的人。

要是能找到那些被遺漏、沒能被撿拾起來的東西，把線索搜集起來，或許就能從中發現眞相。若是如此，即使毫無收穫也不算白忙一場，做這些事還是有意義。

日向子一一想起寫在筆記本裡的那些名字。死去的人不會復返，這是悲慘的事件。但是，不該只有嘴上說著「好過分」、「好可憐」，現在自己也能積極採取行動。

「我會努力的。潛入會場和NIKO見面，問出至今沒有告訴任何人的事。這就是我的任務吧。我一定會努力達成目標。」

「喔，眞可靠。沒問題的，如果是妳的話，一定釣得到金龜婿。」

「咦，是嗎？」

「是啊。雖然也有人迷戀穿著名牌衣服、像洋娃娃一樣的女人，但還是有不少男人認爲像妳這樣看起來品行端正的普通女孩最好喔。」

這是在鼓勵，還是安慰啊？自己聽了該不該高興呢？日向子也搞不清楚，嘴角笑得抽搐。

不過，勸妳還是別穿黑色了。也要去一趟美容院喔。還有，換個包包。沒有其他眼鏡了嗎？有沒有隱形眼鏡？妳把眼鏡拿下來我看看。喔，還是戴眼鏡好了，不要拿掉。比起那個，更重要的是背要挺直，膝蓋併攏，微笑要更自然一點。很好，看起來完全不像和警察有關係的人。這點很重要，妳及格了，及格。

在飯島小姐開朗豪邁的笑容下，難得湧現的鬥志和使命感差點萎縮。不過，日向子還是照她吩咐的挺直脊粱，把歪掉的眼鏡重新戴正。

□

專訪帥哥社長前連內衣褲和絲襪都重買的日向子，卻忙到沒空在星期天的派對之前去購物。無可奈何之餘，只好穿之前參加朋友婚禮時買的深藍色洋裝。

但是提參加婚禮時用的珠珠包去實在太奇怪，便向同期同事明日香借了PRADA的包包。穿上不習慣的包鞋衝向美容院，做好頭髮後傳照片給明日香看，到這邊爲止都和上次一樣。不過這次，明日香回應的是：「聯誼，金龜婿，上吧！」和上次大不相同。

另一個同期同事桑原則打來了電話，興奮地說連自己都沒經歷過潛伏調查。就算告訴他沒那麼誇張，桑原腦中似乎仍響起激昂的動作電影主題曲。之前那本以服飾業爲主題的小說已經放棄請青城征也在書腰上推薦，現正負責編輯一本暴力小說的他，立刻爲日向子的任務想好了文案——「驚心動魄的情節開展」。

「不會驚心也不會動魄啦，再說我也不想。」

「驚心動魄的情節總是突然發生的喔。總之，妳先把會場建築的平面圖記在腦袋裡比較好。」

會場是一棟非常時髦又有少女風的白堊建築，給人的印象就像一座城堡。經常有各種派對、典禮和婚禮在此舉行，是很受歡迎的出租場地。雖然位於東京都內，但占地頗爲廣闊，周圍還有樹木環繞，庭院裡栽植了整片綠油油的草坪。

今天的派對包下整個場地，舉辦自助餐式的午宴派對。主辦單位的官方網站上寫著，這天的參加者將近兩百人。

爲了趕上十一點半開始的報到手續，日向子匆忙搭上了地鐵。抵達離會場最近的車站時，正好接到飯島的電話。一接起來就聽到她著急地說「對不起」，讓日向子差點在平地上跌倒。

「怎麼了嗎？」

「那個賣給我入場券的女生，到剛才才承認，可能沒聯絡上NIKO。」

「欸？您是說S子嗎？」

雖然不到驚心動魄，情節的開展卻很嚇人。

「對，她說寫了好幾封電郵給NIKO，也把妳的電子信箱和電話號碼寄過去了。可是NIKO一次也沒回，偏偏她那時也不覺得奇怪，還以爲NIKO只是太忙所以沒回信。直到昨天晚上，不管寄幾封信去NIKO都沒回，打電話過去也沒接，她才跑來跟我哭訴。」

「但電郵應該有寄出去吧？沒有被退信吧？」

「聽說NIKO有好幾支手機，可能寄到最近沒在用的手機了。紗代子……啊，就是給我入場券的S子啦，說她只知道NIKO其中一支手機的聯絡方式。」

日向子站在路中間，發現自己擋到後面人的路，趕緊退到一旁。

「事到如今也只能去了，相信NIKO也有參加。我自己來找她吧，請告訴我她的本名。」

「就是不知道啊。不是明明知道還故意不說，而是連S子也不知道。而且『NIKO』這名字還不是從本名來的，說是因爲住在二子玉川，所以就從二子玉川的暱稱取了『NIKO』【註】這名字了。」

竟然有這種事，日向子忍不住壓了壓太陽穴。

「總而言之，我若問到更多消息會再聯絡妳。只是……眞的很抱歉，我等一下有工作，是服裝秀後台的工作。」

其實日向子也隱約察覺了。電話裡傳來此起彼落的指示聲，也聽得到門開開關關的聲

譯註：二子玉川（Futako-Tamagawa）暱稱的日文發音爲NIKOTAMA。

音。於是對飯島說「沒關係」，總會有辦法的，我會試試看，鼓勵自己奮發圖強。

只要能找到住在二子玉川的NIKO，日向子願意不擇手段。比方說，請會場的人幫忙廣播，抓住人就問，或是站在會場中央大喊「NIKO——」等等。欸？

□

出了地鐵車站走到地面上，一手拿著地圖到處亂走，不一會就滿身汗。好天氣確實很適合在庭院裡開派對，但梅雨季已過的七月半實在太熱了。早知道應該搭計程車，這麼想時，已經走到會場了。

門口有穿黑衣的男人迎接，帶領日向子走進白堊城堡。

報到處設在一進門的地方，和參加婚禮時一樣，身穿制服的男男女女站在接待處等候。這些人應該是主辦單位的工作人員吧。從PRADA包包裡拿出信封遞上去，彷彿遞上禮金紅包袋。建築內空調開得很強，一陣涼風吹過，舒服得令人忘我。正當日向子出神地欣賞豪華的室內裝潢時，有個聲音對她說：「谷岡眞紀子小姐，感謝您今天的蒞臨，請好好享受這場派對。」

谷岡？不對啊。可是，好像在哪聽過這名字，是誰來著？

歪著頭想了想，恍然大驚。

這不是第三名被害人的名字嗎?驚訝得睜大眼睛，幸好或許是戴著眼鏡的關係，報到處的女性絲毫未察覺，將一張名牌拿給日向子。

「請別在胸口。」

一個不留意就收下了。上面寫著「谷岡眞紀子」。

後面又有新的參加者上前，接待處工作人員轉向那邊寒暄，和接待日向子時一樣，接過入場券後放在一個機器上掃描。機器讀取了票券上的條碼，工作人員朝放在桌上的筆記型電腦看一眼。

日向子的入場券上也有條碼。條碼內容大概是個人資料吧——谷岡眞紀子的。

總不能一直呆站原地，只好趕緊進入屋內，走到一個獨自站在一旁的女性來賓身邊。

「想請教一下，您今天的入場券是什麼時候拿到的?」

對方雖然有些錯愕，仍回答了「四月」。

「這麼久以前?」

「這裡的人大多是去年就入會的會員吧，這個活動每年固定舉行，有不少人甚至是爲了參加這個才入會的。因爲很搶手，聽說每年名額都很快就滿了，只要開放給會員的早鳥預約一開始，大家就會馬上報名。」

原來是這樣啊。向對方道謝後離開。不能著急，愈是這種時候，愈得慢慢思考才行。

S子出讓的入場券原本屬於已過世的谷岡眞紀子。她應該有繳交年費，而主辦單位不知她已死於非命，沒有取消這次的參加資格。飯島找上她的朋友S子，S子不知爲何持有這張入場券，並將之轉賣。

若是這樣的話……

儘管有所猶豫，日向子還是別上了那張名牌。按照原本飯島安排的流程，別上的應該是寫有自己名字的名牌，但是，現在不知道NIKO到底有沒有接到聯絡。如果沒有，谷岡的名字反而更能引起NIKO注意。

就這麼試試看吧。

把名牌別在容易看見的位置，一邊暗自祈禱這麼做不會冒犯死者，一邊慢慢往內走。

一如官方網站上的照片，大宴會廳面朝著有鮮綠草坪的庭院，如果舉行的是婚禮，這間宴會廳就是禮堂了吧。現在，一張張並排的桌上已準備好食物，還裝飾有豪華繽紛的花藝裝飾及冰雕。白色三角鋼琴前坐著一個人，正演奏著輕快的樂曲。

看得出神時，服務生送來飲料。喝口冰涼的烏龍茶潤喉，拿手帕按壓額頭上的汗滴。明明沒有人在看自己，表情卻緊張得僵硬。心想這樣不行，趕緊放鬆臉部肌肉，和周圍的人交換無意義的笑容，知道緊張的不只自己，讓日向子鎮定許多。

十二點整，主辦方開始致詞，四處都是香檳酒瓶響亮的開瓶聲，宴會在熱烈掌聲中揭幕。日向子過去參加過畢業典禮、謝師宴、婚禮二次會，以及從就職典禮到文學獎頒獎典禮等各種典禮儀式，每一種都和聯誼派對不一樣。

在這裡，不會有熟識的人圍成小圈圈交談，也不能只和認識的人聚在一起，人們不斷打散，又在不知不覺中聚集、再打散。女人們看起來都清純優雅，感覺教養很好，沒有人表現出性急的模樣。當然可能只是外表看起來如此而已，但至少她們成功了大部分。即使未必稱得上是美女，即使身材不算太好，只要和她們說話，每個人都會以天使一般的溫柔笑容答話，面對不擅長社交、講話吞吞吐吐的對象，也心懷慈悲地給予回應。光是這樣就令人好感倍增，人看起來也變美了。

男人的素質就比較參差不齊。有中年發福得厲害的人，也有頂上缺毛的人、年紀不小的人、看起來莫名興奮的人，還有一臉嚴肅低著頭的人。看來，男性入會審核的門檻主要放在職業和年收入。服裝方面，有人是條紋襯衫配紅色蝴蝶領結的奇異打扮，有人穿夏威夷衫，也有人穿白色亞麻三件式西裝。

無論男女，都有人幾乎站在原地不動，也有人積極四處走動，儼然就是花與蜜蜂的狀態，彷彿將室外草地上的景色搬進了室內。

日向子被這種氣氛壓倒，原本就不擅長應付這類場合的她，被人群淹沒在會場角落。

過了一會才驚覺這樣不行，慢慢橫過會場，希望胸前名牌能被人看見。

NIKO會是誰呢？是漂亮型的，還是可愛型的呢？她會在哪裡呢？或許正在吃東西？會在前菜區嗎？還是壽司區？蛋糕區？

偶爾有人找日向子搭話，但都是男人。看了名牌問：「您是谷岡眞紀子小姐？」這樣的問話是與陌生人交談的儀式之一。對方還會問老家在哪、在哪工作，回答自己是出生於千葉縣的普通上班族，對方也都能接受這個答案。之後不管人家再說什麼，日向子都心不在焉了。

宴會廳裡展開了一場小型演奏會，日向子趁這時跑進廁所。原本想傳訊息給村井抱怨，卻在包包裡發現一張白色紙條。打開一看，上面以潦草的字跡寫著：「有話跟妳說，在二樓的鈴蘭房。」

什麼時候被放進去的？是誰？完全沒發現。

是NIKO？肯定是的，太好了。

壓抑著激動的心情，日向子跑上後方的階梯。二樓的設計是一圈房間圍住挑高的天井。因爲聽了桑原的建議，事前大概掌握了這棟建築的平面圖，再加上有樓層地圖可看，很快就找到了「鈴蘭房」。這間房間和其他間比起來小一點，在這裡舉行婚禮時，大概會被當作新人親友休息室吧。

和氣氛熱鬧的一樓相比，無人的二樓顯得很冷清。頂多不時可聽見一樓傳來的掌聲或笑聲。

日向子站在有鈴蘭浮雕裝飾的房門前，雖有瞬間猶豫，但還是舉手敲了門。裡面有人發出聲音，她便伸手拉開門。

NIKO？

一邊這麼說著一邊走進去，屋裡卻是個男人。男人戴著一副墨鏡，身穿T恤和無領夾克。從這身輕便的裝扮看來，應該不是工作人員。

「是你把紙條放在我包包裡的嗎？」

「不好意思，把妳叫到這裡來。因爲我眼睛不太好，不習慣待在明亮的地方。我可以繼續戴著墨鏡嗎？」

男人以柔和沉穩的聲音這麼問，稍微安撫了日向子的困惑。看到她點頭，男人臉上現出皺紋，大概是在微笑。定睛一看，才發現他頗年輕，打理得不做作的髮型也很時髦。

「找我有什麼事嗎？」

「妳的名字，那是本名嗎？」

倉促之間，日向子伸手遮住名牌。

「不是的，這是……這麼說來，你認識谷岡眞紀子小姐嗎？」

「是的，妳該不會是她的朋友吧？」

臉上戴的墨鏡掩蓋不住對方散發的嚴肅氛圍。日向子不知該如何回覆。

「既然妳別著她的名牌，就表示今天是拿她的入場券進來的吧？」

「是的，我接收了那張入場券。」

「原來如此，這麼說來，妳是她的朋友囉？」

日向子歪了歪頭，原本想說不是，但這樣解釋起來又很複雜。這張入場券到底是誰因爲什麼緣故從谷岡眞紀子手上拿到的呢？日向子連居中轉賣的S子都不認識。

「她沒有把其他東西交給妳嗎？」

「其他東西……？」

「拿入場券給妳的時候。」

「呃，只有券啊。對了，還有信封。」

「不好意思，可以讓我看看那個嗎？」

難道連信封上都有機關嗎？像入場券上有條碼一樣。

正打算照對方說的打開包包拿信封時，手機震動了。有人打電話來。說聲「請等一下」，日向子接起電話。

「喂？」

「妳是信田日向子小姐？」

「嗯，對，我是。」

「妳在哪裡？還沒離開吧？還在派對會場吧？到底在哪？」

說話語氣像個女人，聲音卻又粗又低沉。

「喂？您是哪位？怎麼會有我的電話號碼？」

「詳細情形碰面再說，告訴我妳人在哪？」

身旁那個戴墨鏡的人問：「是誰？」

「我不知道，不過應該是男人。」

自己想見的人是NIKO。電話那頭的人語氣激動起來，頻頻追問：「妳在庭院裡嗎？」「還是在廁所？」戴墨鏡的男人也逼上前說：「信封給我。」

「請等一下。」

日向子再次這麼說。「你是誰？」這句話同時對兩個人發問。雖然想重新拿回主導權，身旁男人的動作卻更迅速，伸手搶走日向子的包包，轉身背對她，抽走白色的信封。

「是這個吧？」

「你想做什麼？請不要這樣！」

「失禮了，包包會還妳，這個就請交給我吧。」

耳邊傳來話筒裡的聲音。

「妳到底在哪裡？旁邊有誰在？快點說話啊！」

「在二樓，鈴蘭房。」

墨鏡男子推開日向子，一個轉身，還來不及思考，他就跑出房間了。日向子急忙追上去，跑上走廊時，人影已跑到隔著天井的另一端了。他說眼睛不好是眞的嗎？想飛奔上前，雙腿卻無法使力。男人大概朝緊急逃生梯的方向跑掉了。

這時，一個年輕男人從相反方向氣喘吁吁地跑來。這個男人穿白襯衫，打著鬆鬆的領帶，下身則是黑色緊身褲。

「妳就是信田小姐？」

「是的，你是剛才打電話來的人？」

「妳剛和誰在一起？」

「那個人不知道跑去哪裡了。」

「妳沒事吧？他有沒有對妳怎樣？還好嗎？」

胸前垂著領帶的他有一頭長髮，繫成一把馬尾披在背上。從聲音聽來確實是男人沒錯，只是無論遣詞用字、皮膚的光澤感或纖細的骨架，都給人極爲中性的印象。

「你又是哪位呢？」

「我是……」

說著，對方滑了滑手機，然後對日向子出示螢幕畫面，畫面裡是整排以「給NIKO」爲標題的電子郵件。

「你該不會是……」

「我現在住在下北澤，不過之前住二子玉川。」

張大的嘴巴合不攏，膝蓋一陣發軟，差點頽坐在地。

「振作點！妳沒事吧？總之，這房間應該可以進去吧？妳可以走進去嗎？」

NIKO扶持著日向子走回鈴蘭房。在NIKO的催促下，日向子就近坐上沙發。剛才一進來就被墨鏡男子追問各種事，完全沒注意到房內還有桌子和椅子。NIKO把單人椅挪到日向子身邊坐下。

「我在樓下會場看到妳的名牌時嚇了一跳，因爲竟然寫著谷岡眞紀子嘛。想問紗代到底是怎麼回事，打開手機一看，才發現她寫了一堆信給我。原來她把入場劵賣掉了，沒想到她會做出這種事，眞是不敢相信。因爲那支是我平常不太用的手機，所以這麼晚才發現那些信。」

「抱歉驚擾了你。」

「她說妳是週刊雜誌記者，眞的嗎？」

想從包包裡拿出名片時，猛地一驚。

「怎麼了？」

「那張紙條不見了。有人在我包包裡塞了紙條，叫我到這裡來。我一心以爲是NIKO就來了，結果等在房裡的是個男人。」

「怎樣的男人？」

「戴著墨鏡，臉看不清楚。不好意思。」

「不用道歉啊，他一定是爲了讓妳認不出來才故意戴的。還有其他東西被拿走嗎？」

「放入場劵的信封。那個戴墨鏡的人問我是不是谷岡小姐的朋友……」

NIKO那雙形狀美好的杏眼圓睜。

「信田小姐，妳被誤認成我了。我和眞紀是十幾歲就認識的朋友，她吃過很多苦，老是嚷嚷著要成爲有錢人，要嫁個金龜婿。這裡也是她找到然後拉我一起入會的。別看我這樣，我好歹是牙醫，雖然沒有値得說嘴的年收入，靠醫生這頭銜也混進來了。因爲我喜歡和漂亮女生卿卿我我，心情不好就換約會對象，也一直很期待來參加今天這場派對，誰想到眞紀會忽然遇上那種事。」

「聽說你們在她過世前有見面？」

「對，那天她把入場劵給我，說自己已經不需要了，看我要給誰就給誰。」

「不需要了？這麼說來，是你把谷岡小姐的入場券給S子……紗代子小姐的嗎？」

「沒錯。」

「可以再跟我多說一點詳情嗎？」

NIKO低俯視線，沉默了一會才開口。

「眞紀說她找到搖錢樹了。」

這話聽來非同小可。

「還說她會好好敲對方一筆封口費，這樣以後就沒必要拚命工作，也不用討好有錢老頭子了。」

「到底是怎麼回事？」

「大概是無意間發現了誰的祕密吧？然後拿那件事去勒索對方。」

「這麼說來，是勒索不成反而被……」

對方爲了封口，於是殺了她。

「早知道我該更認眞一點阻止她才對，早知道就該強迫她放棄做那種事才對……我不知道這麼後悔多少次了。」

「她自己也沒想到事情會變成這樣吧。」

「最後一次見到她時，她一再說不會主動和我聯絡了。眞紀把她手機裡所有與我有關的東西都刪除。」

「爲什麼要這麼做？」

「我問了她，但她不肯說，一直打馬虎眼。不過我事後想想，她大概是和勒索對象說了『已經把證據放在朋友那邊』的話。換成是我也會這麼做，目的是要威脅對方，如果敢傷害我，我的朋友就會揭穿他的祕密，藉此保護自己。」

一種牽制對方的手段，也可以說是保險。

雖然無法達成目的，反而招來最壞的結果，但對方或許還是擔心當初的威脅。

「幸好剛才你沒和墨鏡男打照面，我在電話裡也沒提到『NIKO』吧？那個人還不知道谷岡小姐的朋友是誰，NIKO你還是安全的。」

日向子握拳這麼一說，NIKO就驚訝得搖頭。

「竟然先想到這種事，妳其實不是週刊雜誌的記者吧？」

「不，我眞的是啦。」

伸手在包包裡摸索，這次總算好好拿出名片遞上。

「正式向您自我介紹，我叫信田日向子。」

「騙人，就算拿到這種東西我也不會相信的，像妳這樣的人，怎麼寫得出毫不留情的爆料文章？不可能，不可能。」

「這個倒是沒錯，我還寫不出震驚社會的報導，總是找不到夠分量的情報。」

縮著肩膀，難為情地這麼一說，NIKO忽然站起來，擠在日向子身邊坐下，從旁邊抱住她。

「妳怎麼這麼可愛啦，我是在稱讚妳啊。別做週刊雜誌那種工作了，辭職吧，我幫妳找下一個工作，可以來我們診所喔，就這麼辦。」

在他身上清爽的香氣包圍下，日向子全身僵硬，不知所措。這時，NIKO又低聲說：

「我說妳啊……」

「我是說眞的，妳現在竟然還有空擔心別人？剛才見到的那個男人到底是誰？該不會是那個通緝犯吧？」

「不是他。」

NIKO放開日向子，用近乎瞪視的眼神看著她。

「就算戴著墨鏡，還是可以看到鼻子、嘴巴和大致上的臉型。久保塚的臉型偏向圓臉，剛才那個人的臉則是細長型。」

「或許整容了啊。」

被這麼一說，日向子也無可回應。

「我只是說有這可能。無論如何，妳剛才遇到的就是那類危險人物，可不能掉以輕心。」

「是。」

被叫去的鈴蘭房是二樓最裡側的房間，萬一在那裡發生了什麼事，一時半刻是不會有人發現的。日向子現在才想起那裡有個放在櫃子上當裝飾的花瓶，不由得嚇出一身冷汗。要是被那種東西砸了腦袋，可就眞是名副其實驚心動魄的發展。

「從妳剛才的話聽來，墨鏡男正在尋找谷岡眞紀子的朋友。」

「對，聽起來，他也知道那個朋友從谷岡小姐手上拿到派對入場劵的事。他還說，在拿到入場劵的同時，她是不是還給了妳其他東西。因爲我拿到的就只有劵和信封，聽我這麼一說，他就把信封拿走了。」

NIKO再次伸長手臂抱住日向子。靠在他身上，整個人被擁入懷中，不可思議的是一點也不排斥這樣。感覺就像兩人在不明原因的黑暗中，牽著彼此的手。

「眞紀給我那張入場劵時，確實還把一樣東西交給我保管。我想，她一定是把這件事告訴勒索對象了。那個戴墨鏡的男人應該是聽眞紀說的。」

「應該是這樣沒錯。」

「想必他現在正在某處檢查從妳這裡搶走的信封。很可惜，那只是普通的信封，上面什麼機關都沒有。」

「保管在你手上的東西是什麼?」

「妳想知道?」

放開手臂,挪開身體,NIKO拿下日向子的眼鏡,額頭貼著她的額頭。在日向子至今的人生中,恐怕從來沒跟誰的臉貼得這麼近過。

「我想知道。」

「爲了什麼?爲了寫八卦報導?」

「有人過世了,必須揪出凶手才行。」

「區區週刊雜誌又能做什麼?」

「什麼都能做,就像現在我不也潛入這會場了嗎?」

「還把死人的名牌別在自己胸口。」

被這麼一說,不由打了個哆嗦。之所以採取這不成功便成仁的做法,只爲了一個目的。

「這是爲了見到你。」

「妳猜眞紀交給我保管的東西是什麼?」

這張名牌的主人爲了預防萬一,絞盡腦汁交給NIKO的東西。

「一定是乍看不知道是什麼意思的東西吧?既不知道谷岡小姐談判的對象是誰,她也沒說清楚,連是怎麼威脅對方的都不知道。正因如此,你拿到東西後就沒再動過了。」

像是害怕得想逃一般，NIKO放開日向子。他說自己討厭警察應該是真的。但是，日向子非得確認谷岡眞紀子死前交給他的東西是什麼不可。如果那東西裡有任何清楚的線索，NIKO應該已經交給警方了。他雖然是個怪人，但還算有社會常識。

日向子伸出手，抓住他的手臂。

「請讓我看那東西。」

「看了會知道什麼，妳又不是警察。」

說著，NIKO用力推開日向子。被推得差點向後仰，她趕緊站穩雙腳。

「我是出版社的人，依法逮捕罪犯不是我的工作。我的工作，是把世間眞相呈現在讀者面前。」

日向子義正辭嚴，抬頭挺胸。

「眞會說大話，偷拍別人過夜約會也是你們的工作？」

「偷拍也是。」

「揭穿眞紀死亡的眞相也是？」

「不只谷岡小姐的死、在公廁被發現身亡的小宮山春江小姐的事件，和發現時已遭人勒死的木崎侑子小姐的事件都是。」

說著說著，差點哭起來。

自己也不知道怎麼會這樣，爲什麼呢？好奇怪。

能想到的原因大概和前一份任務有關。約莫一個星期前，發生在關西的事件。

那是一起三十一歲男性用金屬球棒毆打父親與祖母，導致一死一傷的事件。在上頭命令下，日向子搭上新幹線前往關西，向當事人的鄰居朋友打探消息，目的是問出那家人是怎樣的一家人。

從新大阪到大阪車站，再從梅田轉搭私鐵，最後來到一個隨處可見的住宅區。沿著上坡路往上走，看到一群人圍在一起，輕易就找到出事的那棟房子。鑑識人員和警方相關人士似乎已經撤退，但地方電視台記者仍在即時連線播報這起悲慘事件。日向子走向遠觀的人群，向圍觀群眾搭訕。

調到週刊編輯部之後，她已經透過經驗學會這種打探消息的方式。訪問對象一如往常先是驚訝：「妳也是記者喔？」接著反覆強調「很驚訝」、「嚇死人了」、「沒想到會出這種事」。熟悉這家人的民眾噙著眼淚，對事件憤憤不平。行凶的是這家長子，他的母親幾年前因病過世，姊姊則遠嫁他鄉，剩下他與父親、祖母三人生活。長子最近辭去工作，爲了再找工作的事與父親起了爭執。聽說也有鄰居聽到他們爭吵的聲音。

問了幾位圍觀民眾後，接到同事山吹打來的電話，說長子的同班同學在車站前美容院工作，要日向子馬上過去，喬裝顧客並指定美髮師，向對方打探關於長男平時的爲人。

於是緊急折返車站前，找到美容院，拿著山吹給的姓氏，指定了那位男性美髮師。等了一個小時後輪到自己，於是意思意思請對方修個頭髮。趁著美髮師修剪兩側頭髮時，日向子提出了問題：您認識○×先生吧？聽說你們是同班同學？○×先生學生時代是什麼樣的人呢？

美髮師停下手上的剪刀，手顫抖了好一會。肩膀上下起伏，不斷深呼吸後說：「從昨天起，像妳這樣的人來了好幾個。」

日向子心想，原來如此。如果是在家門前站崗，有可能吃上閉門羹；開店做生意的話，就不能拒絕客人上門了。做餐飲的人至少還能離開餐桌，美髮師卻必須隨時待在客人身邊。難怪上頭會要自己來找這個人問話。

「妳不覺得自己很可恥嗎？」

美髮師說。

「看到別人家門不幸就像蒼蠅一樣圍上去，只想揭穿別人做錯事的一面？只會對著表面上發生的事窮追猛打，當作趣聞似地滿足世人的好奇心，可曾想過這麼做是不是會傷害到誰？如果今天出事的是妳自己呢？如果是妳的家人呢？妳要不要稍微想一想？妳現在做的事，是把別人的心和生命踐踏在腳下的行爲。」

太丟臉了。羞恥心令她臉上失去血色，手腳發抖。一直在想，成爲大人不是爲了做這種事，到東京來也不是爲了做這種事，更不是爲了這種事工作，不是自己想做才這麼做，也不是自願去美容院跟美髮師說那種話的。

那位美髮師說得沒錯。這種工作就是衝著別人的不幸，踐踏人心與生命的工作。

可是，四月調到週刊編輯部之後，連日向子也能明白的，只有一件事。

那就是不能挑選追蹤報導的對象。

無論對象是誰，《週刊千石》都不會遲疑。

對方是重量級政治人物也好，是知名運動選手也好，是國民偶像歌手也好，是有強硬後台的可疑公司也好，是擁有眾多瘋狂信徒的宗教組織也好，只要有可能挖到新聞，就會不顧一切追蹤調查。有時挖到一向大方下預算的贊助廠商醜聞，就算對方希望不要急著報導，就算廣告部哭著拜託編輯部放棄，就算報導出來會失去贊助廠商，《週刊千石》也不會留情。或者，公司出版的其他作品即將改編成電影，卻挖出預定主演的主角醜聞，即使原訂推出的寫眞集將因此無法出版，《週刊》還是不會放棄報導，依然會刊登。公司裡人人都說，誰也阻止不了《週刊千石》，成人世界裡互給方便的事，只有在那裡行不通。

至少，《週刊千石》不會只挑好欺負或好衝撞的對象下手。

正因如此，即使面對的是殺人事件，也一定有什麼是我們能做的。

回過神來，才發現自己趴在NIKO背上哭得一把鼻涕一把眼淚。面紙已經捏得皺巴巴了，再抽出幾張按壓眼角。

「被第一次見面的美髮師那麼說，也眞是辛苦妳了。妳還是來我們診所上班吧，更安全也更和平喔。」

「我想也是。」

「但妳仍不打算辭掉千石社的工作？」

被他這麼一說，腦中浮現出幾張臉。借自己包包的明日香、今天早上打電話來的桑原、前一個部門的總編和前輩布川、對自己說「聽說妳被調到週刊啦？」的公司同事們，以及現在的主編和同事。

「誰也阻止不了他們」。這句話中或許有那麼點，就算非常少，但或許有那麼點自豪的意思在。

「我在這裡的工作才剛開始，如果還有努力的餘地，我想再多堅持一下。」

「是喔——」

「請讓我看谷岡小姐交給你保管的東西。」

NIKO終於點頭。

「可以啊。是個ＵＳＢ隨身碟，但我現在沒帶在身上。」

「我現在就想看，拜託你了。」

雙手合十地這麼拜託，NIKO無奈聳肩。

「派對很快就要結束了，我們裝成配對成功的情侶，偷偷離開吧。」

□

走出白堊建築，在馬路對面的人行道上看見村井的身影。雖然他站在樹蔭下，大概還是很熱吧，手上扇子搧個不停。

「不好意思，沒法聯絡你。」

村井和造型師飯島傳了好幾封電郵給日向子，她都無法回覆。不過，比起低頭道歉的日向子，身旁的長髮男更吸引村井的視線。

還來不及爲兩人介紹，日向子就先伸手攔了計程車，把NIKO推進後座，想想也不好讓村井坐他旁邊，於是自己接著上車坐中間，再對村井招手。

「府上在哪裡？」

「不是我家，是診所。在汐留。」

車門一關，日向子便請司機往汐留開。司機點點頭，車子往前開。

「我們跟去你工作的地方沒關係嗎？還是在附近咖啡廳之類的地方等？如果是那附近

的話，也可以約在飯店裡的餐酒吧？」

「也好，這樣的話……」

NIKO指定的是汐留某飯店的餐酒吧。決定好會合場所、鬆了一口氣之後，三人幾乎不再說話。就連村井也沒有多說或多問什麼，只說了些「今天車流很順暢呢」之類無關痛癢的話，正好消除了一些緊張感，和適度的空調一樣，讓日向子冷靜下來。

約莫二十分鐘車程，計程車抵達汐留。車停在NIKO指定的地方，再確認一次會合地點後，便暫時與他分開。日向子和村井兩人一起前往飯店。

□

「沒想到NIKO竟然是年輕男人。」

進了餐酒吧，在點的飲料送上來之前，日向子和村井都伸手拿了冰水，也慶幸這裡有冰涼的擦手巾。從來沒像今天這麼羨慕從額頭到脖子都能用擦手巾擦一遍的村井。

趁NIKO還沒來，日向子對村井說明了這緊張刺激的幾個小時。原來村井也有接到飯島幾乎一模一樣的聯絡，才會擔心得跑來會場外。

從報到時領的名牌說起，日向子依序描述派對開始後發生的事。不知何時包包裡被塞了紙條，前往二樓小房間，遇到戴墨鏡的男人，信封被搶走，以及第二個出現的男人。

第二個出現的正是NIKO，聽到他手上有被害人託付保管的東西時，村井再次拿擦手巾擦拭額頭上的汗水。

「雖然意外不斷，但妳做得很好。真是辛苦妳了。」

現在的日向子也明白，這已經是最大的慰勞之詞了。老實地點點頭，喝掉半杯冰茶。

「話說回來，那墨鏡男又是怎麼回事？他既不是久保塚也不是青城吧？」

說到青城的名字時，村井壓低了嗓子。

「只要不是動過整容手術，那就應該不是。可是村井哥，久保塚也就算了，青……」

「就用A稱呼他吧，另一人用K代替【註】。」

「好。村井哥怎麼會提到A，他真的那麼可疑嗎？」

「起初我也不是那麼懷疑他。只是在調查K的過程中，有人告訴我K和A是同鄉而且彼此認識，那之前我也只在電視上看過A。聽了這個情報覺得驚訝，也很意外，於是開始調查A的事。當然也有聽到關於他的好評，他的精彩成功故事很典型，只是，在關於他的傳聞中，有些事引起了我的注意。」

譯註：A與K分別是「青城」和「久保塚」的羅馬拼音的第一個字母。

「是怎樣的傳聞呢？」

日向子壓低了聲音問。實際上見過的青城一如別人對他的好評，是個爽朗謙和又有才幹的青年企業家，自己對他的印象也很好，要是可以的話，眞不想知道他的黑暗面。日向子總是心想，要是世界上的人只分成「沒想到是好人」、「其實是好人」和「果然是好人」三種就好了。

「我見了他高中時代的朋友，各個都說『那傢伙很可怕』。聽說他們當年有個同學也是社長的兒子，家境比A還要好。但是，有一次地方上的不良少年盯上了那個同學，最後在半夜裡把他帶到河床邊揍得半死不活，失去一眼視力，右腳到現在依然殘廢。那位同學曾說這件事是A設計的，但是大概不會有任何人相信，事到如今也無法提出證據了。A深深怨恨他穿著打扮比自己更體面、在班上也比自己受同學愛戴，將他視為眼中釘。不滿被他當作手下使喚，A跑去對不良少年捏造假消息，誘導不良少年們襲擊這位同學。我當然也不會只聽信片面之詞；在那之後，又從A大學時代的朋友及故鄉工廠的前員工那裡聽到類似的事。每個人的說詞都差不多，『或許不會有人相信，也沒有證據』，然而，只要有誰妨礙了A，那個人就會落得悲慘的下場。」

聽來有點難以置信，何況這種事不管怎麼說都是謠言，和背後說人壞話不是差不多嗎？說不定A才是被視為眼中釘的人，其他人都是在扯他後腿。日向子認為不能漏了這個可能性。

見日向子沉著一張臉，村井以沉穩的聲音繼續說：

「信田，妳現在可以不用立刻判斷A的爲人如何，我說的只是我掌握到的情報的一部分，未必就是眞相。只是，我希望妳也別忘了保留對他的懷疑。」

「是。」

「老實說，我也覺得這男人雖然可疑，但或許只是容易引人誤會。反過來說，我也得懷疑自己是否誤會了他。」

聽了村井的話，日向子緊繃的身體才放鬆。無論是好是壞，都不可太快做出決定，不要有先入爲主的觀念。這是上次專訪前村井給的建議，想必他自己也一直引以爲戒。

喝下因冰塊融化而味道變淡的冰茶，喘了口氣。

「現在是不是有掌握到什麼關於A的不好傳聞？」

「有，但也是常見的情節。爲了重建他家面臨破產的事業，需要鉅額資金，聽說那些錢有相當大的比例來自女性。妳也知道他是那樣的型男，只要能博得財力雄厚的女性歡心，套出大筆資金不是問題。」

聽起來出資者似乎不只特定一人。欣賞他的才華和幹勁，願意出資的男性投資人也不少，未必只靠美色取財。只是這種事，原本就容易事後產生爭議。

聽村井說，有人控訴自己進貢了大筆金錢，結果仍被他拋棄，也曾鬧出告知懷孕後被他要求墮胎的事。

「過世的木崎小姐是怎樣的人？」

以事件順序來說，木崎是第二起事件的被害人，發現時已遭人勒斃。

「她是富家千金，聽說父母是很有錢的資產家，她工作的公司也是父母經營的，和Ａ有業務上的合作。關於她是否曾和Ａ交往，我調查的結果是眾說紛紜。」

「有人說有，有人說沒有？」

「嗯，大致上是這樣。」

感到通道上有人走來，抬頭一看，是來倒水的服務生。

NIKO還沒到嗎？得把話題轉回剛才發生的事才行，村井大概也有一樣的想法，唐突地說：「對了。」

「信田在二樓遇見的墨鏡男，妳對他有印象嗎？」

「沒有。」

「這麼說來，就變成三個人了。Ｋ、Ａ和墨鏡男。多了一個人。」

村井的說法引起日向子的注意。

「這有什麼好奇怪的嗎？」

「犯罪這種事，牽涉到的人愈多，被發現的風險愈大，所以共犯是愈少愈好。這麼說來，A可能眞的與事件無關。」

竟然因爲這種原因排除他的嫌疑嗎？而且還說得這麼乾脆。日向子感到錯愕，村井卻是非常認眞。

「這樣的話，最有可能的就是K獨力犯案的說法了。」

「嗯，可是關於K這個人，就我聽到的評語，實在不覺得是他。」

根據村井的調查，K雖然曾加入不良幫派，但好像只是最尾端跑腿的小弟。因爲傷害罪被捕一案，也是在幫派鬥毆撤退時跑太慢，才會被警察抓到。

「他本人已深刻反省，之後就改邪歸正了。只是在地方上待不下去，才會來到東京。認識K的人都說，他是個讓人無法討厭的傢伙。」

「這樣啊……和A完全不同呢。」

村井點點頭，頭也不抬地繼續說：

「我猜主嫌應該另有其人。」

「還有另外一個人嗎？」

「按照剛才的討論，墨鏡男掌握了相當關鍵的細節，我想他應該與案件密切相關。」

難道他才是主嫌。

日向子收起放在桌面的手，改放在大腿上握拳。現在不能不鎮定下來，不能害怕，不是發抖的時候。要冷靜，要冷靜。

這麼說給自己聽時，對面的村井神情有異。轉頭一看，原來是NIKO來了。白襯衫換成了灰色T恤，黑色緊身褲換成寬鬆的卡其褲，只有綁成馬尾的長髮和剛才一樣。

「太好了。」

安心之餘，不由得眼眶含淚。不是都說要保持冷靜了嗎？

「你沒事吧？」

日向子語帶哭音地問。NIKO一臉嚴肅地點點頭。趕緊請他坐下，他卻站著打開托特包，裡面是筆記型電腦。

「眞紀交給我的東西，我想和兩位一起確認內容，畢竟我也很在意。要不要換個地方？這裡……」

人來人往的餐酒吧雖然適合當作碰面的地點，若要確認可能有駭人內容的隨身碟，這裡就不太方便了。

村井立刻起身，說要上去飯店訂一間房，把帳單交給日向子，自己就先去飯店櫃台了。看到他那毫不遲疑，瞬間做出判斷的行動力，NIKO在日向子耳邊說：「這人不是普通的大叔喔。」

日向子也有同感。付了飲料錢，走到飯店櫃台時，村井正好拿了房間鑰匙。三人會合後搭上電梯。一進入八樓那間房間，關上門，三人同時發出「吁」的聲音，鬆了一口氣。

NIKO忍不住撲向雙人房的其中一張床。

「累死了，不知道怎麼搞的，眞的眞的累死了。」

他纖細的身軀在白色床單上彈跳了一下。

「要喝什麼嗎？」

找到冰箱，日向子這麼問，他就要了啤酒。將冰透的罐裝啤酒遞給他，NIKO起身接過啤酒，拉開拉環仰頭大喝一口。咕嚕咕嚕之後，再次吁了一口氣。

察覺日向子的視線，NIKO打開托特包，拿出筆記型電腦，往窗邊的桌子上放。打開電源啓動電腦的同時，也從褲袋裡掏出ＵＳＢ隨身碟。

「這就是眞紀交給我保管的東西。」

日向子和村井都專注地盯著NIKO掌心裡的東西，那是家電量販店就能買到、非常普通的隨身碟。

他坐上椅子，把隨身碟插上已啓動的電腦，手指在小小的觸控板滑動，叫出讀取到的檔案。

「這是什麼？」

大量照片出現在螢幕上。

「真紀的興趣是攝影，照片拍得太多，都搞不清什麼是什麼了。」

「總共有幾張啊？」

「起碼有兩千張。」

「這麼多！」

有街角咖啡店、雜貨店擺設、晾在巷弄裡的衣服、藥妝店的商品架、義大利麵或蛋糕等食物的照片，也有海、沙灘、被遛的狗、夜景、電車與月台、驗票口、古老的寺廟、神社、被雨打濕的紅色信箱、荒煙蔓草中的古井、生鏽的三輪車、看似幼稚園的建築……

看來她是看到什麼就舉起相機按下快門。其中也有用長鏡頭拍的人物照片，像是在店頭剖生花枝的魚店老闆、坐在公園長椅上吃便當的中年男子、坐在手工藝品店內桌旁努力刺繡的女人等等，怎麼看也不像暗藏祕密的偷拍照。

「這些照片裡，一定有一張是特別的吧？」

「所謂藏在森林裡的樹。」

「乍看只是普通風景照的照片裡，也可能隱藏了什麼物體。」

「可以拿來勒索人的東西嗎？好難找啊。」

日向子和村井你一言、我一語，目光注視著一張張自動播放的照片。

「照片是按照拍攝時間順序排列的嗎？」

「應該是。」

NIKO回答。

「包括和我見面當天拍的照片也在裡面，最早的日期是二月中旬，兩個月來拍了兩千張。除了這台相機外，應該還有其他相機拍的就是了。」

點點頭，繼續盯著螢幕上一張一張切換的照片，忽然連續出現幾張特別暗的，出聲請NIKO停止自動播放，往回拉了十張左右，停下來慢慢看。

一眼看不出攝影的人到底想拍什麼，似乎是拍失敗了的照片。但日向子馬上發現前面幾乎沒有這種照片。焦距沒對準或構圖不好的照片可能都被刪掉了，保存在隨身碟裡的只有攝影者精心挑選後留下的照片。

然而，其中參雜了這幾張顯然不同的照片。

拍攝時間是夜晚，四周天色已黑，背景可見巷子裡懸掛的酒吧招牌。畫面右側拍到一個男人，鏡頭以斜角度拍下男人站在店門口的一瞬。

「這人——」

日向子伸手指向男人，對村井說。

「難道是……」

村井朝螢幕探身，凝視照片。

「信田，妳覺得是誰？」

「很像是青城先生。」

前後幾張照片晃得很厲害，與其說是特地對準拍下，不如說是攝影者在驚訝中急著對焦而手震。之後幾張拍的是同一個店門口不同角度的照片，這次應該就是特地對準鏡頭拍下的了。

接著拍到的人不像是青城。看不出是男是女，頭上的帽子壓得很低，臉也看不清楚。幾張照片中，只有一張稍微抬起頭，看得出這人戴著墨鏡。

很像拿走信封的墨鏡男，但不敢肯定是不是自己的錯覺。這只是巧合嗎？心跳加速，呼吸困難，感覺頭昏腦脹。

再接下來是看似青城的男人走出店外，和那謎樣人物同框的照片。

「這兩人是誰，你們知道是嗎？說啊！」

NIKO搖晃日向子的手臂，日向子咬著嘴唇，不知該如何回答。不是不知如何回答NIKO，而是不知如何回答自己。

「怎麼會這樣？」發出這個疑問的自己，和仍猶豫著說「等一下」的自己，在腦中起了激烈的衝突。

最終回　非正義

「前些時間，我就在想……」桑原說。

「如果千石社退出週刊市場的話會怎樣。」

日向子驚訝得眨著眼，一時無以回應。坐在對面的桑原倒是一派輕鬆地望著窗外。

今天在桑原的邀約下，來到巷子裡的義大利酒吧。幾天前，他說找到一間好吃的店，問日向子：「下次一起去如何？」日向子也回了：「好耶。」原本以為這只是普通社交辭令，跟日常寒暄差不多，不料昨天桑原又傳LINE來問：「要不要明天去？」

白天有事，晚上比較有可能。說是晚上，通常也是十點之後了。這方面的苦衷桑原能夠理解，回信說忙完再來就好，還附上店家的地圖。

好不容易忙完手邊工作，日向子抵達酒吧時，桑原正坐在窗邊讀一份厚厚的打樣稿。本以為還約了別人，沒想到只有他一個人。看到日向子就微微一笑，把整疊打樣收進包包。桌上除了葡萄酒瓶，還有盛了生火腿和酸黃瓜的小盤子。

在他對面坐下，向來點餐的店員要了氣泡酒。餐點就交給桑原決定。他點了據說是絕品的兩種鹹派和鯷魚馬鈴薯、今日沙拉及烤鴨肉。

吧檯邊坐了幾個客人，不過店內的四張餐桌旁，只有日向子和桑原這桌坐了人。這家堪稱隱藏版的小店裡，播放著慢節奏的爵士樂。

鹹派和馬鈴薯都如預期般美味。工作後的葡萄酒滋味更是不同。狼吞虎嚥一番之後，感覺整個人都活過來了。想起他剛才在讀的打樣，問那是上次說的暴力小說嗎？桑原說是最近剛結束連載的青春小說。

問了作品名稱，日向子興奮地叫起來。這部作品剛開始連載時她還在上一個部門，每個月都很期待看到新連載。

「這樣啊，四月之後妳就忙起來了嘛，忙到沒時間看，是嗎？」

「不是啦。我想等連載結束後一口氣看完，就快可以看了吧。最後誰和誰在一起了之類的，你可絕對不准爆雷喔。」

四月換部門至今已過了四個月。日向子等於代替離開週刊編輯部的同期同事桑原進入了《週刊千石》。表面上的說詞當然更委婉，但是包括當事人在內，誰都能一眼看出就是這種情形。

不管怎麼說，週刊編輯部是個惡名昭彰的部門，當初得知要調過去，日向子也心亂如麻。只是，公司內部人員調動部門並不稀奇，日向子很清楚，就算沒有桑原的事，自己也隨時可能被調過去，所以沒必要怪罪桑原，很快就接受了事實。不過，日向子內心固然對此毫無芥蒂，桑原有時還是很敏感。

第一次對工作半途而廢，似乎在他內心留下不小的傷痕。

「剛才的打樣講的是高中生積極向前的故事，下一部負責編輯的作品卻很沉重。明知自己得堅持住才行，心情卻老是被情節影響，起伏不定。」

日向子因爲送上桌的鴨肉眉開眼笑，對桑原說的話心不在焉地答：「喔——」接著改喝紅酒，毫不客氣地大口吃起香噴噴的鴨肉。桑原說完這番話後陷入沉思，日向子的心思卻都繞著等一下要加點的餐點打轉。雖然烤洋蔥和淡菜也不錯，好像還是醋漬夏季蔬菜比較爽口。

「然後啊，前些時候，我就在想……如果千石社退出週刊市場的話會怎樣？」

出乎意料的話讓日向子嚇了一跳，不是思考要不要吃洋蔥的時候了。桑原是怎麼了，怎麼突然這麼說？

「你在開玩笑？還是有點認眞？」

「我很認眞喔。信田妳怎麼想？如果千石社不做《週刊千石》了，妳會覺得輕鬆？鬆了一口氣？還是有點遺憾？」

如果他是開玩笑或許還比較好，日向子就這麼錯過了點醋漬蔬菜的時機。

「要是我的話……四個月前答案是確定的。」

「那時妳希望沒有《週刊千石》？」

「是啊，畢竟這是我面試時的一大瓶頸。我一直認定自己當不了週刊記者，甚至想過要放棄面試千石社。後來是告訴自己反正我也不會被錄取，才閉著眼寄出了履歷表。」

桑原笑起來，拿起叉子吃掉盤子上剩的鴨肉。

「很有信田妳的風格。妳眞誠實，不過現在可以說這種話，表示妳的心境已經產生了變化？」

「只有一點點啦。我才想問桑原呢，你到底怎麼啦？發生什麼事了嗎？」

「我也只有一點啦。剛才提到的小說，主角是擁有非常普通家庭的上班族，某天，就讀國中的女兒卻忽然不知被誰殺死了。故事就從這裡展開，是很沉重的懸疑推理小說。」

一問作者名字，得到的是意外的答案。這位作者之前寫的都是筆觸溫柔的暖心小品。

看到日向子一臉疑惑，桑原理解地點點頭。

「作者說從很久以前就開始醞釀這部作品了。推理部分的架構已設計完成，故事的走向也大致決定好了。所有登場角色都是不可或缺的存在。作者很有自信，說要用這次的作品一決勝負。聽說今年過完年就開始執筆創作了。」

「已經完成了嗎？」

「大概寫好七成了。」

「只有七成內容就能抓住桑原的心，讓你讀了情緒受到這麼大的影響啊。」

聽了日向子的話，桑原露出笑容，沉重的氣氛變得輕鬆起來。

「不過，這部充分表達作者野心的作品和週刊有什麼關係？啊，難道說故事裡有出現惡劣的週刊雜誌記者嗎？」

「不是的。煽情的事件是故事的縱軸，小說中因爲縱軸事件而改變人生的角色們拚死掙扎的過程則是橫軸，縱橫密切交織。我擔任責編後，閱讀原稿時，每每感受到文字的另一端都是活生生的人。尤其這個故事徹底追求寫實性，每個人的生死都不像虛構，所以……」

桑原說到這裡停住，將杯中殘留的葡萄酒一飲而盡。深深嘆氣之後，舉起手叫來店員，又點了冰白酒。他還問日向子要不要加點什麼吃的，而話說到一半就被打斷的日向子，一時之間也想不出要吃什麼，只好對桑原提議要點的醋漬蔬菜和燉飯表示贊成。

「然後呢？『所以』什麼？」

「嗯。我就在想，小說也好，週刊雜誌也好，都不是脫離現實的存在。事實上我讀得胃都痛了。很難受。那種痛法，和我還在《週刊千石》時一樣。」

日向子默默低下頭，慢慢咀嚼他剛才說的話。「所以」的後面是怎麼接到這個的？

「兩者展現出來的調性差很多吧。小說從各種角度描寫事件，連當事人的心境也透過文字呈現，週刊基本上只提供事實的資訊而已。」

「也是啦。小說的話，世人只能看到作者選擇的題材，週刊雜誌則是什麼都寫。」

「週刊報導的題材也是篩選過的喔。」

「好吧，這麼說也對。只是不美好的事物出現的機率壓倒性地高。」

所以才會人見人厭。

「桑原呢？如果千石社退出週刊市場，你會覺得輕鬆嗎？還是……」

「想像了一下，結果連我自己也吃驚。我會覺得很不安。」

「不安？」

日向子這麼反問，桑原直視著她點頭。

「小說和週刊都在戳穿現實，用不同的手法戳穿現實。然而，如果只有一方被捨棄，那戳穿的力道就會減半。對出版社來說，這會是好事嗎？半途而廢的我竟然會這麼想，自己都感到意外。我的不安應該是來自這方面吧。」

聽他說得像是不干己事，日向子又花了好一番時間來咀嚼這些話。熱呼呼的燉飯端上桌，向服務生要了小盤子，桑原伸手去拿一起送來的湯匙，心滿意足地望著染上淡淡番茄紅的飯粒。

「桑原，你要好好戳穿現實喔。從你剛才的話聽來，現在你正在鍛鍊自己這方面的力量，不是嗎？」

他笑著用銀色湯匙舀起燉得軟綿的燉飯。

「嗯，不過信田妳也是喔。」

□

現在，為了初春發生的殺人事件，北濱組正全體出動。

「假設照片拍到的是青城征也，這表示他和谷岡眞紀子也有關係嗎？」

接到日向子的報告，北濱主編第一個提出的就是這件事。

青城和第二名死者也認識。

「究竟會是什麼關係呢？那個叫NIKO的說谷岡『找到搖錢樹』，指的是青城嗎？」

「目前只是有這個可能而已。」

村井這麼強調。主編就像小孩一樣噘起嘴說：「我知道啦。」

「還有，這張照片裡和青城一起被拍到的人，很可能是在相親派對上把日向叫到小房間的那個墨鏡男，是嗎？」

主編面前擺了幾張列印出來的照片。其中有幾張對焦於青城的照片，但另一個人都沒有拍清楚。再說，日向子對墨鏡男的印象很模糊，記憶也一天比一天黯淡了。

不知如何回覆主編才好，村井跳出來緩頰。

「光是說『覺得很像』就是寶貴的證詞了。如果確定臉型和體格完全不同的話，我們也能放心排除是那個人的可能性吧。現在還是盡快調查谷岡眞紀子周遭的狀況吧。」

「還有一件事。那個墨鏡男是派對的正式參加者嗎？或者不是？如果他也是參加者，那就可以再縮小調查範圍了。如果不是，他怎麼潛入會場的？必須盡快調查派對會場的保全強度。」

接到主編指示，山吹立刻趕往聯誼派對的主辦單位。椿則開始調查青城和谷岡眞紀子是否有更進一步的接觸。村井拿照片去給造型師飯島看，請她盡可能舉出和照片中人相似的人物。阿久津則奉命緊緊盯著青城。

無論如何都得先釐清墨鏡男的身分，這點NIKO也有共識。他正在重新檢視谷岡眞紀子的人際關係與交友狀況，日向子不得不叮嚀他動作不可太大。

「要是你找到可能知情的人，就由我去詢問對方。不然NIKO你拿著照片到處問人的話，被那男人知道就太危險了。」

「要說危險的話，妳自己還不是一樣。對方可是很習慣下手襲擊了。」

已有三位女性失去寶貴的生命。

「對方只會認爲我是幫雜誌跑腿的啦。」

「是嗎？一般人可是完全不知道週刊雜誌在幹嘛的喔。只不過呢……」

說到這裡，這個身穿時髦棉質上衣，蓄著一頭長髮，講話像女人的牙醫先是上下打量了日向子一番，然後咧嘴笑著說：

「如果是日向的話，可能真的沒問題喔。」

日向子心想，自己要是有膽識把這話當讚美就好。

NIKO介紹了幾個人，其中順利拜訪到兩位，只可惜毫無收穫。回到公司，村井已在等待。他從第一名被害人身邊找到幾個和墨鏡男有點像的人。

被害人的人脈遍及整個美容界，飯島憑記憶舉出了幾個人名，村井找來那些人的照片，放在日向子面前。不愧是業界人士，大多是能在官方網站上找到介紹與照片的人，有些人的照片更來自媒體專訪，但大多數照片都是網路上抓下來的。此外，也有一些向飯島借來的照片檔案，多半是熱鬧的宴會場合上拍的照片。

「怎麼樣？」

村井滿懷期待地問。日向子挺直背脊，一張一張仔細看，卻始終沒有點頭。

那天晚上，受桑原之邀一起吃了晚飯。烤鴨和燉飯滿足了飢腸轆轆的肚子，養精蓄銳的同時，也從桑原口中聽了令人深思的話。

隔天，日向子向村井要了橋本圓家的地址。奉命調到週刊編輯部時，最初的任務就是去找橋本圓打工的店。她到現在還沒回家，家人每天不知過著什麼樣的日子。

村井雖然給了地址，但也問日向子：「事到如今拿了地址還能做什麼？」日向子答不出來。自己會這麼做，是因爲被桑原說的話觸動了內心。雖然日向子原本就很擔心橋本圓，但是沒有上面的命令，她並不打算採取任何行動。面對女兒下落不明的事實，橋本圓的家人肯定非常擔心。然而之前採訪的美髮師說的話屢屢浮現心頭，週刊雜誌的人上門只會造成對橋本家人的打擊，能不要打擾他們最好。

然而，眞的是這樣嗎？

「我想去見橋本圓的父母，問他們最近有沒有接到女兒聯絡。我們編輯部好一段時間沒去拜訪他們了吧？」

「妳認爲他們會願意告訴我們嗎？」

村井或許還想問「現在這麼忙的時候，妳到底想幹嘛」。

「她家是一樓大門自動上鎖的公寓，就算去了也到不了橋本家玄關喔。」

「那麼，請他們看看谷岡小姐拍的照片，怎麼樣？透過對講機告知對方有東西想給他們看，說不定他們會想到什麼線索……」

說著說著，日向子自己都說不下去了。橋本圓失蹤的起因，可能和她夢想成爲模特兒而參加的講座有關。她的家人大概完全不知道這些事吧。

「只要有一點可能性，或許就應該試試看。只是，妳能要求她的父母保密嗎？萬一他們去和警方說自己看到這些照片怎麼辦？」

向NIKO借來的USB隨身碟內容，是只有《週刊千石》獨家掌握的極機密情報，連警方都不知情。聯絡飯島或NIKO舉出的「可能知道什麼的人」時，也沒有說明詳情，只單純出示照片。目前還沒有人追根究柢地盤問，也沒有人聯絡警方。

但是，橋本圓的家人光是看到一張模糊的照片都可能內心激動，因爲那或許是能幫助找到女兒的線索。就算看了照片什麼也沒想到，但他們一定無法忽視這些照片，很可能會去報警。

「你的意思是，不要給他們看比較好嗎？」

「這點交給信田妳自己決定。即使橋本家的父母報了警，警方也未必會立刻採取行動。再說，就算警方找來公司，也很難剛好碰到主編或我吧。」

他咧嘴一笑，日向子縮了縮肩膀。這意思是，如果事情眞演變成那樣，這邊也只好打拖延戰術。充其量只是拖延戰術。

正在猶豫時，村井又說了。

「不管怎麼說，都只能速戰速決。對手雜誌社已經嗅到味道，開始打探了。我們可不能在這種時候被超車。」

「和青城先生有關嗎？」

要是能掌握到青城與通緝犯有關係的確切證據，光是這樣就能寫成一篇聳動的報導。

通常這類報導問世時，開第一槍的效果最大，第一個揭露事實的媒體會令人留下最深刻的印象。要是被競爭對手搶了先機，事後《週刊千石》再寫什麼都只會變成跟風。以青城的知名度，對方就算炒冷飯也會繼續暢銷。

爲了不讓事情變成這樣，北濱組現在可說是卯足了勁。負責聯繫相親派對主辦單位的山吹說，主辦單位一再強調當天會場保全嚴謹。這麼說來，墨鏡男很可能也是會員。但就算當面詢問，對方也不可能告知。

於是，編輯部舉行了祕密作戰會議。在主編示意下，山吹提醒主辦單位已逝的谷岡眞紀子也是會員，而且死因並不單純，可能是轟動社會的連續殺人事件被害人。見主辦人嚇得說不出話，山吹再將《週刊千石》記者拿到原本屬於谷岡的入場券並潛入派對會場的事說出來，還把當天日向子拍的會場照片給對方看了。到了這個地步，主辦人也只能哭著哀求《週刊千石》不要報導此事。

話這麼一說開，主辦人當然願意幫忙調查墨鏡男是不是會員了。

至於試圖找出谷岡眞紀子與青城征也之間關係的椿，則沒有太大收穫，主編也沒要他堅持，直接派別的任務給他了。椿的新任務是尋找久保塚恒太的藏身處。如果除了青城之外還有另一人涉案，久保塚拿到的逃亡資金或許比想像中更充足。不妨以此爲前提，再次篩選可能潛伏的地點。

□

日向子帶著「見招拆招」的心情造訪橋本圓家。

以前遇到這類工作時，總是拖著沉重腳步在街上徘徊好幾個小時，一看到目的地住宅就掉頭，抱頭苦思該如何是好。但是這次的事件遇上嚴重瓶頸——說得更正確一點，是與其他雜誌爭奪報導題材的戰爭進入了最高潮。誰都不知道哪裡會出現什麼切入點，片刻都不能掉以輕心。

身為北濱組的一份子，日向子雖然還無法獨當一面，但也必須全力以赴。

拿到主編給的兩個小時，日向子前往橋本圓家所在的立川。在JR車站下車，一出驗票口就直奔上計程車，並告知司機公寓名稱。離橋本家最近的車站在多摩單軌電車線上，一般出這種任務時，都是換乘電車再走路過去，今天卻必須盡量節省時間。也不能像平常那樣磨磨蹭蹭、扭扭捏捏了。

從早上起床開始，腦中就不斷地模擬演練。刷牙時、換衣服時、搭電車時，都想著橋本圓的家人，在磨磨蹭蹭與扭扭捏捏中把心情整理好。上了計程車就開始最後彩排，想一遍隔著對講機該說什麼話。當她閉上眼睛急促呼吸時，計程車停了下來。

車停在家庭式大型公寓的入口前。司機告知車資，日向子付錢並拿了收據。收好錢包，走到公寓前。公寓有著奶油色的明亮外牆，是一棟八樓建築。橋本家位於七樓。

走向玄關，正在找尋門鈴對講機，裡面就有人走了出來。是個推嬰兒車的年輕女人。看看時鐘，就快十一點了，這時間可能會有很多人進出。還在猶豫，後面又有人來按了對講機，一陣對話後走了進去。

平常日向子大概會退縮遲疑，但現在她深呼吸之後往前走。伸出右手食指，想起曾經就這樣動彈不得的桑原。他就是自己。自己也和他一樣，不斷在心裡逞強。

現在日向子知道了，千石社錄用的，都是無法輕易把心一橫的人，並且盡量讓這樣的人進入《週刊千石》編輯部，雜誌的內容就由這樣的人去完成。說靠這樣的人支撐起千石社或許言過其實，但偶爾這樣想想也沒關係吧。現在桑原不也正在和那份令人心魂震撼的原稿搏鬥嗎？

按吧。身為製作《週刊千石》的人，在門鈴對講機上按下門牌號碼。按下去了。

在一陣幾乎要引發貧血的緊張中等待對方反應。一方面希望沒人應門，一方面也希望有人應門。兩者都是真心話，祈禱兩者都成真。現實裝作一副什麼都不知道的樣子，很快做出了決定。

聽見喀沙喀沙的雜音，小小的液晶螢幕上出現自己的臉。和７０１號房門內的人看到的畫面一樣。

「您好，不好意思忽然來按門鈴。我是《週刊千石》的記者，名叫信田日向子。」拿出準備好的名片，迅速放在臉前給對方看。

「週刊雜誌？」

對講機內傳來疑惑的聲音。是一名女性。

「是這樣的，有些照片想請您看看。與令千金的事情可能有關，或許您看了能找到什麼線索。」

收回名片，改拿出關鍵的照片。

「您願意看看嗎？」

「妳不是警方的人吧？」

「這是我們透過獨家管道拿到的極機密資料。因為希望您務必看看，所以帶來找您。拜託您了。」

感覺背後有人，日向子轉頭一看，似乎是來拜訪公寓其他住戶的人。得把對講機讓給人家使用了。

「不好意思，好像有其他人要用對講機，我等一下再來……」

「妳站在那裡也很令人困擾，請進來我家吧。搭一樓最裡面的電梯。」

大門的鎖似乎解除了，日向子對後面的人點個頭，走進玻璃門內。

搭上橋本家人所說的電梯上七樓，７０１號房就在走廊盡頭。按了玄關的門鈴，門打開來，一位看似四十多歲的女性探出頭。對方請日向子進門，她站在玄關換鞋處再次遞上名片，深深彎腰鞠躬。

「妳站在那裡講話，會給公寓其他住戶添麻煩的。」

抬起頭看對方，是個眉清目秀的美人。難怪橋本圓的志願是當模特兒，她一定遺傳了母親的外表。

「非常抱歉，沒有事先聯絡就來按門鈴。」

「妳眞的是千石社的人？」

「是的。今年四月剛調到週刊編輯部，第一份接到的任務就是去找橋本圓小姐曾經打工的店。」

女性眉毛一動，與其說是質疑，不如說是單純吃驚。

「當時只知道有女高中生失蹤，要找尋與她有關的線索，她打工的地方，是立川站內百貨公司裡的服飾店。」

「小圓打工的地方……」

對方說了店名，日向子點點頭。

「當時我才剛進編輯部，找到那間店後，又被派去做其他工作了。可是，我一直很擔心圓小姐……」

日向子沒提起殺人事件。橋本圓的失蹤是否和殺人事件有關，現在還不清楚，更何況身爲她的父母，肯定希望女兒和那種事件無關。

「剛才妳說的是什麼照片？」

對方這麼問，日向子從包包裡拿出照片，在遞上去之前先聲明：

「這些照片也可能和圓小姐的事完全無關，是我們在追查久保塚恒太的事件時得到的。如果可以的話，希望您不要洩露出去。」

語尾愈來愈小聲，邊說邊觀察對方臉色，這次她明顯皺起眉頭。

「不要洩露……連警察都不知道這些照片的事嗎？」

「是的。這是我們透過獨家管道拿到的。」

「可是，久保塚是通緝犯啊？要是有什麼發現，正常來說，應該要交給警方吧？你們爲什麼瞞著警方呢？」

「因爲還不知道這是否眞能構成線索。要是確定了，我們應該也會交給警方。」

橋本圓的母親眨了眨眼。女兒的事一定讓她很操心，她看起來很憔悴。即使如此，幾乎沒有化妝的臉還是很美。

「這樣眞的可以嗎？就算不是現在，之後警方會怎麼說？不是有那種對犯人知情不報之類的罪名嗎？藏匿證據也會被問罪吧？」

「好像不會的樣子。」

「妳都不怕嗎？怎麼敢不協助警方。」

「決定這些照片怎麼運用的不是我個人，是《週刊千石》。」

女人露出傻眼的表情，用力嚥下一口口水。

「連警方都不怕，你們是不是也不怕殺人犯？」

「怕啊，我想第一線的記者都怕，我也怕。但是《週刊千石》不一樣。」

「不協助警方逮捕凶手，目的到底是什麼？」

被這麼一問，日向子也不免躊躇了。見她抿著嘴，女人自己說出答案。

「難道，你們爲的只是獨家報導？」

感覺就像胸口中了一箭。

「爲了搶週刊雜誌的獨家報導，你們——」

聽到她顫抖的聲音，日向子猛地抬起頭，看到女人眼泛淚光。透明的淚珠滾落，爲了接住那個，她用雙手摀住臉頰。丟下一句「抱歉」，女人背轉過身，消失在從玄關往屋內延伸的走廊盡頭。

日向子愣愣地站在門口，腦中一片空白。回過神時，膝蓋一陣疲軟，當場蹲了下來。要是能哭出來，心情一定會比較輕鬆。

強忍淚水，鼻水卻流了下來。正在吸鼻涕時，女人回來了。日向子急忙擦拭眼角，壓住鼻頭。

「不好意思。」

沒有抬起臉，就這麼低下頭。

「讓您感到不悅眞的非常抱歉。我今天來，是爲了請教關於圓小姐的事，想知道她最近有沒有和家人聯絡。眞的只是爲了這個。」

「我才不好意思。」

有什麼被塞進手中，仔細一看，原來是面紙。戰戰兢兢地抬起頭，女人並沒有散發出隨時想拿刀相砍的凶神惡煞氛圍，只是以眞摯的目光看著日向子。

「能讓我看看妳帶來的照片嗎？」

日向子用面紙擦拭眼睛、鼻子，接著將照片遞給對方。顫抖的手遞給另一雙顫抖的手。

「這照片拍得眞暗，對焦也沒對準。是偷拍嗎？」

她的聲音比想像中沉著冷靜，一定原本就是堅強的人。

「照片裡拍到的人是誰？看起來好像是男人。」

「還不知道是誰，只知道或許和久保塚的事件有關。」

「一個人？還是兩個人都是？」

「目前兩人都可疑，還在調查中。」

「妳自己在調查嗎？」

急忙搖頭。

「我們有一個叫作『案件組』的小組，目前所有人都出動調查這件事。」

「要是找到什麼線索，你們打算怎麼辦？」

「深入挖掘和事件的關係。」

「好像警察喔，可是，你們不是警察。」

「是的，我們是週刊。」

「比起抓到凶手，你們更想要獨家？」

無法單純以點頭回答這個問題。日向子在猶豫中把找到的詞彙說出口。

「我希望凶手能被逮捕。有人過世了，凶手應該被逮捕，接受法律制裁。不過，我也認爲週刊應該有週刊能做的事。這是我對週刊的期待。」

女人默不吭聲。日向子嬌小的身軀彎得更低，靜靜等待。豎起耳朵，聽得見門後傳來嬰兒的哭聲和小孩的聲音。這是一棟聚集了許多安穩和樂家庭的公寓住宅。眼前的女人正在這棟公寓裡過著痛苦的每一天。

將累積在胸口的一股氣輕輕吐出，視線跟著移動，看到鞋櫃上的迷你娃娃屋。在這以白色爲主色的兩層樓可愛小房子裡，連廚房、客廳和寢室及兒童房都有。

「小圓最愛這個了。」

日向子全身用力。緊緊盯著小窗戶上掛著的蕾絲窗簾。二樓右邊是兒童房，房裡的架子上還放著小熊絨毛玩偶，正在等待主人歸來。

□

日向子回到公司時，村井又在等她。問狀況如何，便向他報告了與橋本圓母親的對話。她說對照片裡的人沒有印象。村井說「希望橋本圓能平安回家」，日向子眨著眼點頭。

「爲此，我們也要做我們能做的事。」

村井拍了拍日向子的肩膀。日向子也只得勉強振奮心情。村井拿出新搜集來的照片給日向子看。除了飯島，這次也請第二起事件被害人木崎侑子的朋友提供了協助。

在編輯部的會議室內，日向子坐在椅子上，集中全副精神。從記憶裡拉出當天的相親派對會場，回憶自己被叫到二樓時遇到的墨鏡男。後來想想，那個男人的態度從容老練。既不慌張，也不冷淡。對日向子說話時語氣溫和有氣質。穿的雖是T恤和夾克等輕便打扮，但也很有從派對會場溜出來的「外出」感。大概因爲那些衣服看起來不是便宜貨吧。男人骨架纖瘦，手臂和手指都很白嫩，感覺甚至比後來出現的NIKO更纖細。不過他頭髮不長，聲音低沉，胸部扁平，不是會被誤認爲女人的類型。

一邊回想除了墨鏡之外的印象，日向子一張一張仔細審視照片。有的一看就知道不是他，有的則有可能，但是再細看一次又都不是。

「對不起，這次也沒有……」

「不用道歉啊。」

「可是，萬一人就在我說不是的照片裡面怎麼辦？」

「我們也有考慮到這可能，別擔心。」

正在整理照片時，傳來慌張的敲門聲，還來不及回應，門已被用力打開。是山吹。他負責的是相親派對主辦人那裡的情報。

「太好了，妳還沒跑掉。」

「我？」

看到日向子，山吹雙眼發光。

「你那邊也篩選出可能是神祕墨鏡男的人了嗎？」

村井咧嘴一笑，山吹把帶來的平板電腦放在桌上。

「先說結論，在當天參加相親派對的會員裡，沒有找到可能是他的人。」

「真的嗎？他未必會一直戴著墨鏡喔。也可能換穿其他衣服。參加者很多吧，要一一確認很難，不是嗎？」

「我也這麼想，但是日向，妳說過那天上二樓時，一樓正在舉行小型演奏會吧？」

山吹這麼問，日向子點點頭。

「主辦人說，演奏會結束後拍了全體合照。在室內和院子裡都有拍。」

日向子忍不住「啊」了一聲。

「那個男人從我這裡搶了信封就跑掉了。」

「嗯，我去會場看過了。緊急逃生門在建築物後方，從那裡出去就會出到建築外部。如果要再回到建築內，必須繞到正面大門，否則無法再進到庭院或建築內。」

這麼說來，就時間上的考量，他不太可能回到室內或院子拍合照。就算回來了，正面玄關和大門都有工作人員，無法悄悄溜進去，那麼做也可能跟日向子撞個正著。

「這就表示照片裡拍到的人都不是墨鏡男。」

「沒錯，就是這麼回事。雖然沒有對工作人員說明詳情，但主辦人出動了所有人對照參加者的名單和照片。當然，其中也有幾個人去抽菸或上廁所而不在照片裡，於是再從年齡和特徵篩選出這幾個不在照片裡的人……」

「都沒找到嗎？」

村井這麼問，山吹點點頭。

「話雖如此，既然可疑人物不是參加者，那就是主辦單位相關人士和工作人員了。」

「對，這麼一來，主辦人更是臉色發青。既不想給出不好的回覆，又怕事後被發現更糟。我猜他大概是這麼想的，所以徹底幫忙調查了一番。從當天的廚師到服務生、鮮花店的人和拍紀念照的攝影師，把所有當天有進出過會場的人列成一份清單，從中找尋年齡和身材特徵符合的對象。」

日向子心想，對那位主辦人來說，《週刊千石》大概比警察更可怕。

村井滿意地點點頭：「很幫忙嘛。」山吹再次略顯得意地準備好平板電腦。

「日向，這裡的人，妳看仔細了。」

用和剛才相同的要領，一鼓作氣地坐回椅子上。

一個人、兩個人、三個人……慢慢地切換圖檔。畫面中都是細長臉型的男人。

「等一下。」

到第四個人時，日向子抓住山吹的手。

很像。

「是這個人？」

「我不確定，可是……」

這張照片看起來像是從某張外出時拍的紀念照上裁切下來，原本周圍應該有其他人，看起來都被切掉了。照片中人微笑的嘴角吸引了日向子的目光，她拿起黑色原子筆橫放在眼睛的位置，充當墨鏡試試看。

「我只能說，氣質很像。」

村井也湊上來看，先是盯著看了半天，然後歪著頭左看右看後說：

「這個人……在飯島小姐給的那批照片裡是不是也有看到？」

「真的嗎？」

日向子一定也有看到。村井從自己的檔案夾裡拿出一疊列印出來的照片，興奮地一張一張翻找，從中取出一張。這次輪到日向子和山吹專注地湊上來盯著放在桌上的照片。

這張照片拍的似乎是時尚界人士聚會的夜間派對會場，窗外天色是黑的，顯得室內燈火更是通明輝煌，連照片中人手上的香檳酒杯都閃閃發光。可疑人物的身上被打了個圈，應該是飯島做的記號。那是一個身穿正式西裝，長得挺帥的男人。

「整體氣質跟嘴角的感覺很像吧？」

「這麼一說確實是。」

日向子消極地點點頭。山吹問：「這是誰？」

「小宮山春江小姐的外甥。」

小宮山就是早晨被人發現死在公園公廁裡，遭人謀殺可能性很高的那位死者。以時間順序來說，她是第一位被害人。

「外甥是嗎……」

山吹的語氣透露出一絲疑惑，村井熱切地解釋：

「聽說小宮山小姐近親不多，她父母雙亡，自己又沒結婚，專心投入事業，在各方面都獲得成功，累積了不少個人資產。可是，卻沒有能繼承她財產的配偶或子嗣。」

「如果小宮山小姐的手足也不在了，但是對方有小孩，那麼這個相當於小宮山小姐外甥的人就可以繼承遺產了……」

「就是這樣。」

飄出一點可疑的味道了。無視坐立不安的日向子，山吹說要去探探派對主辦人口風，看能不能問出日向子覺得可疑的那個男人身分。村井也說要帶著同一張照片去找飯島。

「信田妳先待在編輯部等大家回報狀況。除了我和山吹這邊的狀況外，椿和阿久津可能也會回報什麼。還有，去把剛才討論的內容告訴主編。」

《週刊千石》每週四出刊，編輯部會在前一週的週四舉行不同於分組企畫會議的提案會議。這是由總編和各組主編齊聚一堂，決定下一期大致內容與版面分配的重要會議。

一等主編開完這個會，日向子立刻把和村井他們討論的內容報告上去。主編臉色一變，思考一番之後，位子都還沒坐熱就又起身，丟下一句「如果有緊急事項馬上來告訴我」，又橫越辦公室去找總編了。

看著空蕩蕩的北濱組辦公桌，日向子姑且整理起資料，就在這時電話響了。接起來一聽，是負責盯梢青城的阿久津。他說《週刊千石》的競爭對手雜誌《週刊眞實》記者頻頻與青城接觸，剛才甚至跑到阿久津盯梢的地方搭訕，窮追不捨地想打聽這邊的消息。

「聽對方的語氣好像掌握到什麼大八卦，一副很有自信的樣子，還一直說：『奉勸貴雜誌不要刊登比較好，否則損失的是自己。』」

「什麼嘛，是想挑釁嗎？」

「這也不是第一次了。我啊，唯一不想輸的就是眞實社。」

「你找工作的時候，去那裡面試被刷掉了，對吧？」

「咦？我有說過嗎？」

這種事不用說也知道啦。日向子自己在第一輪書面審查就被刷掉了。

掛上電話，煩惱了一下這算緊急事項嗎？因爲也沒有別的電話進來，日向子只好起身。北濱主編和總編好像在會議室裡，可能正祕密商議什麼。一定是這樣沒錯。站在門前，反覆深呼吸。

敲了門，裡面有人回應，報上名字後被叫進去。裡面除了北濱，其他組的主編也在，似乎是重新舉行了一次重要會議。

圍著長桌坐在最裡面的是總編。剛調過來時跟他打過招呼，之後就很少說上話了。他可是人見人怕的《週刊千石》大總管，身上背了好幾個官司的雜誌總負責人。

盡可能不看總編，彎下腰靠近北濱主編，在他耳邊報告了阿久津打來的電話內容。一把《週刊眞實》的動向和他們對阿久津說的話告訴主編，旁邊幾個聽到的主編都做出不樂觀的發言。雖然想知道他們討論的後續如何，但又不是能一直待在裡面的氣氛。

乖乖回去當了一個小時左右的接線生，主編終於回來了。問日向子之後還有沒有什麼事。日向子對他搖搖頭之後，他就又拿著手機不知道上哪去了。應該是去打電話吧？現在天雖然黑得晚，此時窗外天色已全暗下。那些出去採訪或開會的記者們紛紛回籠，編輯部全體充滿活力。晚餐便當送來了，日向子也拿了一個吃。

這段期間，村井打來電話，要日向子在公司裡保留一間會議室。因爲週刊的會議室都滿了，只好先占據四樓的一間會議室。也已轉告主編此事，等村井回來就把門打開。

第一個進來的是山吹。接著阿久津也來了。和主編幾乎同時抵達的是村井。椿去久保塚可能去過的地方取證，所以缺席。

村井等人開始報告。

「給飯島小姐看了照片，她說很像是小宮山小姐的外甥，名叫今村淳弘。姓氏和小宮山不同，是因爲小宮山的姊姊夫家姓今村。小宮山的姊姊在淳弘小時已過世。他今年二十六歲，自己開了一間設計公司，拿到的案子多半是小宮山幫忙介紹的。不只工作，連資金也受她很大的援助。飯島說，這是聽小宮山小姐生前說的。」

「只能依靠事業成功的阿姨，今村淳弘在她面前應該很沒尊嚴吧。」

主編雙手環抱胸前，嘴角往下撇。

「首先調查這個男人的身家狀況，以他和阿姨的關係爲最優先事項。」

見村井點頭後，主編的視線轉向山吹。山吹顯得比平時緊張許多。

「你那邊情況如何？」

「我馬上去找了相親派對的主辦人，問他關於照片中男人的事，他說這是負責該公司網站的設計師。」

所有人瞬間變了臉色。

「於是我就問，那他和當天舉行的派對有關嗎？會這麼問，是因爲我認爲當天網站設計師應該不用到場。結果對方說，那天設計師說有事要辦，去了會場一趟。在報到處和主辦人簡單打過招呼，拿了全場通行證。」

「你有問他設計師名字嗎？」

「有的，叫今村淳弘。」

日向子全身竄過一股寒意。錯覺那個在會場二樓等待自己的男人正拿下墨鏡步步逼近，差點忍不住發出驚呼。

「山吹，你明天一早去會場一趟，確認他那天去會場是不是眞的『有事』。」

「好的。」

「阿久津，你那邊呢？」

被點到名字，阿久津發出拔尖的聲音說：「我、我這邊……」打開記事本卻不翻頁，再次闔上記事本，擦拭額頭上的汗水。

「我一直盯著青城先生，不過他身上沒發生特別的事。只是，剛好有個機會和他公司的人聊天，對方是一位四十幾歲的男員工。和此人聊過之後，我開始擔心《週刊眞實》那邊的動向。」

這又是另一個不可忽視的問題。

「聽說《週刊眞實》掌握到的情報很可靠，來自原本擔任社長祕書的女性。」

「他們探聽到了什麼？」

「聽那位男員工說，肯定是和女人有關的問題。據說那位前祕書知道不少關於第二起事件被害人木崎侑子的事，木崎小姐恐怕借了很多錢給青城先生，甚至連家裡的備鑰都給了他。」

主編豎起食指左右搖晃。

「標題大概是這麼下的囉……『型男企業家的黑暗眞相　召喚死神的複雜女性關係』。阿久津，《週刊眞實》有察覺到關於另一個男人今村淳弘的事嗎？」

「這個我就不清楚了。」

他搖頭回答。

「雖然很想釐清這點，但又不好打草驚蛇。」

「反過來說，故意讓《週刊眞實》以爲我們的目標只有青城也不錯？」村井這麼說。

「是啊。把這消息也傳給其他組，請他們幫忙放煙幕彈。話說回來，第二起事件青城有絕對的不在場證明，《週刊眞實》大概認定計畫的是青城，實際下手的是久保塚吧。」

眾人點頭贊成主編的推論，這邊想得到的事，那邊當然也想得到。

山吹探出上半身：「就怕……」

「就怕他們已完整握有極可信的證詞或物證。這麼一來，就算只是將幾件零碎的事實拼湊起來，說不定也能讓青城看起來是凶手。我猜他們應該已經把版面空下來，到時候只要把主編說的那種煽情標題排上去就好了。」

「要說版面的話，我們也空好了啊。」

主編以鄙夷的語氣這麼說，環顧所有組員。

「下一期已決定主打這條獨家。」

日向子倒抽了一口氣，村井也同時挪動了椅子。

「可是『這條獨家』的內容還沒確定啊。」

「我們只有兩條路可走，一是讓《週刊眞實》搶先報導，二是《週刊千石》拿出壓倒對方的內容。」

村井坐回椅子，低下頭。肩膀劇烈起伏，放在桌上的手握緊拳頭。

這是他從今年春天緊咬不放追查至今的大案子，絕對不想最後收網失敗，讓結果一場糊塗，但也不想用敷衍了事的報導內容砸自己招牌。未經查證的內容只要一步踏錯，就很可能衍生訴訟，變成《週刊千石》的污點，此刻一定要沉住氣愼重行事。起伏的肩膀和握緊的拳頭在在訴說著他的心聲。

另一方面，被競爭對手搶先報導的代價也不小。就算隔週推出準確度更高的報導，輸在起跑點的結果將是一路落後，想扳回一城難如登天。過去也曾遇過類似案例，聽說也有好幾條報導因此再也不見天日。

「村井兄，要有自信啊，我們手上還有祕密武器，是死是活就看我們自己如何運用了。今天你回去好好睡一覺，明天再起來大幹一場。喂，大家也都這麼辦！」

看著挺直背脊點頭的山吹和阿久津，日向子忘我地用力點頭。

□

隔天開始，使出前所未有的拚勁，北濱組成員紛紛投入各自盯梢與打探消息的工作。

山吹在派對會場確認了今村淳弘的身分後，開始調查他開設的設計公司在外的評價。阿久津一方面繼續監視青城，一方面從男員工那裡打聽消息，死纏爛打要對方介紹那位已離職的祕書。這麼做是為了探聽對手雜誌的報導內容。村井負責找尋今村和青城的關聯性。這是現在最重要的關鍵。

今村是第一位被害人的親戚，青城則和第二位被害人熟識。這兩個線索警方應該早就調查過了，兩人卻至今仍未接受偵訊。一如青城擁有不在場證明，今村一定也有某種逃過偵訊的理由。儘管詳情還不清楚，第三位被害人卻在留下沒被警方視為嫌犯的這兩人的密會照片後死去。

或許是過於武斷的推論，但若單純思考，現在有不只一位女性死去，她們的死分別對這兩人有利，而這些死者的死都與久保塚恒太有某些關係。當然也可能是兩人雇用久保塚當殺手分別行凶，但若青城與今村原本就認識，可能要另當別論了。

該怎麼另當別論，目前的階段還說不準，最接近眞相的還是《週刊千石》，可不能被競爭對手雜誌超越。

爲了方便奔波，日向子穿了平底鞋上班，但是專訪過青城，又和可能是今村的墨鏡男打過照面，她現在很難接近這兩人。後來便決定等出現其他熟識今村的人時，再讓日向子去採訪。

上午接到村井聯絡，日向子現在來到松戶，爲的是見今村以前的同事。這個人自己開了網站設計公司，辦公室設在車站前的住辦大樓內。

一聽到今村的名字，對方就露出不悅的表情，直說不管今村惹出什麼事都不會幫他說好話。還說今村空有設計師之名，其實根本沒有實力，只是靠事業成功的阿姨狐假虎威。出去玩的時候也很陰沉，總是泡在奇怪的店裡，是個讓人摸不透的男人。好奇什麼是「奇怪的店」，一問對方才低聲說是女裝酒吧。原來他有這方面的嗜好。

看著從村井那借來的照片，回想在相親派對會場見到的墨鏡男，如果那個男人扮女裝，可能眞的頗有女人味。同時拿出另一張已身亡的小宮山春江小姐的照片，日向子皺起眉頭。

就五官來說，小宮山春江和今村長得很像。今村是春江姊姊的兒子，以輩份來說雖是外甥，兩人的年紀差距卻還不到親子的程度。如果今村打扮成女人，或許眞的會有人誤以爲是春江。

離開松戶的網站設計公司時接到下一個指示，這次要去的是位於赤羽的某咖啡店。咖啡店老闆是今村的同學，不巧他正好不在店內。日向子問了店內熟知內情的女性，她說自己是老闆的伴侶，兩人剛決定開咖啡店時，今村主動說要投資，不料做著做著卻發現今村完全把自己當成了經營者，從裝潢到菜單都有意見。兩人因此感到不安，最後說要從其他地方借錢，拒絕了今村的投資。

才跑了兩個地方，就能感受到今村這個人的評價不高。

從咖啡店回車站的路上，打電話給村井想請他做下一個指示，但是聯繫不上。再打給山吹，他一接起電話就嘆了老大一口氣。

「怎麼了嗎？」

「主編想方設法打探《週刊眞實》那邊的祕密武器，結果發現他們似乎捉到大魚。青城最近交往的對象是某女演員。」

趕緊問了名字，雖然還不是挑得起黃金時段主角大梁的明星，但也曾在深夜時段電視劇裡當過女主角，還拍了好幾個廣告。

「對方應該拍到幽會現場了吧，簡直就是在他召喚死神的複雜女性關係上鑲金了嘛。」

「這下不妙了耶。」

「超不妙。要是撞頭條的話，我們這條可能會被喊停。」

難道要眼睜睜看著自己的心血白費嗎？

「妳那邊狀況如何？」

被山吹一問，日向子便報告了今村的負評，還提到今村有女裝癖好，扮成女人時和春江很像的事。山吹聞言語氣大變：

「小宮山小姐過世前一晚，有人目擊她和久保塚在赤坂的酒吧一起喝酒，但那真的是小宮山本人嗎？」

說要去求證後，山吹就掛了電話。

懷著忐忑不安的心情，日向子回到公司。走進編輯部，正好看到朝西的窗外天空被夕陽染紅。同事告訴她主編在會議室，敲門走進去一看，村井也在。向兩人報告了去松戶和赤羽採訪的結果，兩人一如往常地聽得很認真，只是主編臉上已沒有昨晚的霸氣。

不確定該不該把剛才和山吹的對話也說出來，還是該等山吹求證的結果呢？就在此時，日向子的手機響起。來電的是陌生號碼，想走出會議室接，又怕外面太吵，以眼神向兩人打了個招呼，日向子接起電話。

一接通，那頭就傳來女人的聲音問：「是日向子嗎？」

「是我，我啦，四月時妳在我家住了一晚，還記得嗎？我是新潟的柳下。」

「啊，回程沒電車可搭，在您家裡叨擾了一晚……」

「對對對，就是我。當時妳還留了謝禮，對吧？根本不用那麼客氣啊，這樣我們反而過意不去呢。」

說著說著，電話那頭的柳下太太不知對誰說「我知道啦」、「總要先寒暄一下啊」。應該是柳下先生吧。

「對了，日向子妳還在週刊工作嗎？」

「是啊。」

「哎呀，很不容易呢，一定有很多辛苦的地方，我都替妳擔心了。不過，如果是這樣的話，有件事想麻煩妳。還記得嗎，那時妳不是說要去拜訪住我們家後面的渡邊家？只是因爲渡邊先生已經不住那了，後來沒見到他。不過隔了一段時間，渡邊先生打電話來問我們那棟空屋有沒有什麼狀況，我就把妳的事告訴了他。那時他聽了也只是有點驚訝，沒說別的。但剛才他又打了電話來，說想和《週刊千石》的記者聊聊，我是受託來幫忙牽線的。」

柳下太太口中的渡邊先生，正是久保塚過去犯下傷害罪時，負責照顧管束他的保護官。久保塚失蹤後，為了保險起見，明知可能性很小，主編還是派了日向子去了一趟渡邊家，確認久保塚有沒有投靠他。結果當然是白跑一趟。

當時收留日向子一個晚上的柳下太太，和那天一樣說著：「妳要好好照顧自己，注意身體，不要太勉強了喔。」這才掛上電話。日向子手上留下緊急抄下的一組電話號碼。

對露出疑惑表情的主編和村井迅速說明了事由。一聽到對方曾是久保塚的保護官，主編立刻要日向子打電話。

點點頭，按按手機螢幕，電話很快接通，幾聲後對方就接了。

「我是千石社的信田日向子，在新潟時叨擾過的柳下太太給了我這個號碼。」

「妳還在週刊當記者嗎？」

「是的。」

「這樣啊……這樣的話……該怎麼說好呢。是這樣的，你們《週刊千石》如果遇到通緝犯上門說了一些什麼，會立刻通報警察嗎？」

「欸？」

情急之間，日向子把手機改成擴音模式，好讓從剛才就豎起耳朵的主編和村井聽得更清楚。

「我的意思是……一般人應該會報警吧？不報警不行吧？一般民眾的話會這樣想也很正常。但是，《週刊千石》會把爭取獨家看得比協助警方重要吧？」

最近才剛和誰有過類似的對話。比起逮捕凶手，《週刊千石》是不是更重視寫出震驚社會的獨家報導。

「您想說的是什麼呢？」

「如果……如果妳可以答應不馬上通知警方，我這邊有個提案……」

日向子看了主編和村井。兩人露出她從沒看過的嚴肅表情點頭。

「我答應您。」

「眞的嗎？」

眼前那兩顆頭點得更用力了。

「渡邊先生告訴我們的內容，絕對不會在沒有您允許的情況下洩露給警方。」

「久保塚說，他沒有殺任何人。」

會議室裡的三個人各自倒抽了一口氣。

「他說自己是被陷害的。可是那傢伙現在遭通緝，不斷出現不利於他的證據，已經完全被當成殺人凶手了。他現在很消極，說要是警方抓到他，或許不會好好聽他辯解，連自己沒做的事都被算在頭上。我啊，很清楚那傢伙的個性，他做不出這麼可怕的事。正因我知道他是怎樣的人，只要他說絕對不是，我就能相信他。可是，換成別人就很難了……」

「他聯絡渡邊先生您了嗎？」

「對，雖然只有電話聯絡。上次和他說週刊記者也有找上我時，他嚇了一跳。大概記住這件事了吧。今天那傢伙又打了電話來。」

「打來說什麼呢？」

「他說，不知道《週刊千石》願不願意聽他說話。」

日向子望向主編與村井，兩人也望著她。會議室內瞬間陷入靜寂，像在確認這不是一場夢。

主編豎起食指一揮，打出「上吧！」的暗號。

「當然。請務必讓我們聽聽久保塚先生想說什麼，如果他是無辜的，那更應該這麼做。」

「眞的嗎？警方不會找上你們嗎？週刊會不會被禁止發售？」

「沒問題的。」

村井一隻手舉到胸口，緊握拳頭，臉上的表情已不再像之前那樣苦惱爲難。日向子彷彿都聽得到他喊「太好了」的聲音。

因此，日向子有生以來第一次，說出那句經常聽到但從未說出口的話。語氣盡可能熱切誠懇，爲了讓對方安心，斬釘截鐵地宣告：

「我們出版社有表達的自由，這是受日本國憲法保障的權利。」

她又進一步說：

「請放心交給我們吧。誰也不畏懼，一定堅持到底，這就是《週刊千石》。您應該也知道我們的作風吧？」

□

說完這句意氣昂揚的台詞，幾乎已呈缺氧狀態，接下來的事就交棒給主編了。在村井的攙扶下，日向子癱倒在椅子上。

一接過電話，主編迅速自我介紹後就進入了正題。他對渡邊說編輯部手邊有極祕物證，自從看到物證之後，大家就開始懷疑久保塚不是凶手。渡邊感激得說不出話，等他按捺住激動的情緒喘了一口氣之後，才再回應：「請務必幫忙了。」

主編興奮得快要手舞足蹈，坐立不安地扭動。接著，他提出與久保塚見面的具體時間和地點。渡邊說明天沒辦法，主編就問後天，後天也很爲難的樣子，最後決定大後天碰面。大後天是星期一，只要這天能順利採訪到久保塚，立刻寫成報導，再配合其他搜集到的情報，就能完成頭條版面。雖然必須趕在星期二晚上之前送進印刷廠，照這時程看來，應該勉強來得及。

掛上電話，主編拍拍日向子與村井的肩膀，自己立刻奔去找總編了。

情緒還未冷靜下來，日向子又對村井說，渡邊會在這個時間點打電話來，或許和橋本圓的母親脫離不了關係。

「可能有關。剛才我接到椿的聯絡，他說最近幾天有人看到很像久保塚的男人。去問了目擊者，說男人和一個年輕女孩在一起，兩人感情很好似地，還一起逛超市買東西。所以目擊者才認爲那應該不是久保塚，最後沒有報警。」

「年輕女孩？難道——」

「我也閃過這個念頭，抱著一絲希望寄了她的照片過去，椿現在正拿著照片去超市問。」

「如果那女孩是小圓的話，就表示她平安無事吧。眞希望是這樣。」

眼淚毫無預警地奪眶而出。各種畫面掠過腦海。在車站百貨裡找她打工的店、電視新聞裡不祥的連續殺人事件報導、街角擦身而過的制服女學生們、橋本圓家的公寓、放在玄關當裝飾的迷你娃娃屋……

急忙從包包裡拿出手帕。

「說不定她母親也知道這件事。」

「我也有這感覺。一個高中女生爲什麼會和久保塚在一起呢？其中緣由目前還不清楚，或許她聽男人說自己是清白的，沒辦法放下他不管吧，於是兩人手牽手亡命天涯。不過，只要平安無事，身爲女兒她總會找時機和父母聯絡。得知女兒安全，做父母的一定鬆了一口氣。但是不管怎麼說，對方可是通緝犯，橋本圓的父母一方面希望告知警方以確保女兒安全，一方面又擔心把逃亡中的兩人逼得太緊而弄巧成拙。他們或許陷入動彈不得的兩難，女兒一定也嚴厲要求他們保密。就在這時，妳出現在橋本圓的母親面前……」

「我讓她看了那些機密照片，說連警方都不知道照片的事時，她顯得非常驚訝，還問我編輯部竟敢不協助警方，目的究竟是什麼，難道是爲了搶獨家嗎？當時她這麼說著，還哭了呢。」

光想起那一幕都會心痛。

「剛才的渡邊先生應該也一樣吧，當聽到久保塚說自己是無辜時，渡邊願意選擇相信。他說久保塚一旦被抓就完了也不是誇大之詞，事實上就是有不管怎麼控訴自己清白還是被處以極刑的例子啊。就算再冤屈不平，一般百姓對這種事也無能爲力，想不出任何方法，也沒有人能商量這方面的事。社會大眾幾乎不會懷疑警方發布的訊息。他一定是想不到其他路可走了吧，這狀況和橋本圓的家人很像。當他們知道有人比起報警更重視別的事時，一定驚訝得下巴都要掉下來了。」

這麼說來，難道橋本圓母親的眼淚不是自己以爲的那樣？

按照村井的說法，小圓的母親之所以落淚，是因爲終於找到突破困境的出路。之後，她大概對女兒下了最後通牒。如果久保塚眞的無辜，就要他出來說明自己的清白。這裡有個媒體不會將你們出賣給警察，會將他想說的話刊登出來。要是無法下定這個決心，那做父母的也不會再保持沉默。

小圓把這話告訴久保塚，久保塚一定急了，也多少能體會她父母的心情。於是，他想起曾經聽渡邊在電話裡提到週刊的事，再次聯絡了渡邊。

在比什麼都更優先的事上下賭注的主編，意氣風發地回來了。

「來，要忙起來了喔。把你們的皮繃到最緊，準備拿下今年最大的頭條。村井兄、日向子，千萬要小心進行！」

正當日向子雙手扠腰，抬頭挺胸時，山吹和阿久津急急敲門進來。

「唷，辛苦了！你們兩個來得正好。」

「主編，怎麼了？」

「終於放棄了嗎？也放棄得太快了吧！」

「笨蛋，說什麼蠢話，勝負才正要開始。」

不安的兩人望向村井及日向子求助，不料兩人也學主編張嘴大笑。好久沒這樣笑了。

□

所謂「把皮繃到最緊」，指的主要是封口令。即使主編說明了這忽然從天而降的「通緝犯完全獨家」採訪機會，阿久津和山吹聽了還是難以置信，不斷重複「怎麼可能」。確定這是眞的之後，兩人又態度一轉，興奮不已。

但他們的興奮立刻就遭到壓抑。

「你們連一根頭髮都不准鬆懈。這件事除了這裡的成員外，只有總編知道……對了，也得知會椿一聲。總之，只有這些人知道。一旦踏出這個房間，就要表現得和平常一樣。記住，我們正處於爲了跟《週刊眞實》搶獨家的焦頭爛額狀態。實際上也要繼續找尋今村和青城的關聯。這是爲了後續第二彈、第三彈的獨家報導做準備。至於久保塚的專訪，就由村井兄負責。」

「不如乾脆放個煙霧彈吧？刻意從言語裡透露出我們好像在做什麼，但這個『什麼』其實是煙霧彈，內容現在先在這邊講好比較保險。」

「喔喔，不錯耶。大家在離開這間會議室之前，先把煙霧彈的內容記清楚。山吹，有沒有什麼比青城和女明星交往小一點的祕密武器？」

忽然被點名，山吹也不是省油的燈。

「放假消息說要專訪誰的話，對方會跑去飯店查探，要是被意外挖出什麼也很不妙，我看乾脆編個離譜一點的好了。就說編輯部接獲久保塚已經逃往海外的情報，近日將派人出國追蹤，現在村井兄正在找當地導遊之類的。」

日向子忍不住拍手。阿久津也是。前輩們太厲害了。

「好，就這麼辦！需要人手時會再另行指示，拜託你們囉！」

□

專訪久保塚的任務交給主編和村井，日向子和原本一樣繼續調查今村身邊的情報。山吹提議的煙霧彈內容雖然沒有特地宣揚，但其他組的人仍不時會跑來問：「該不會是日向要去吧？」「如果是的話，就是妳第一次出差海外囉。面對那種危險人物，我看應該還是派山吹去吧？」

故意驚訝地皺起眉頭，對方也擠眉弄眼，意思大概是：「我懂我懂，這是機密消息對吧。」

眞正執行任務的日子訂在渡邊打來電話的三天後，地點是都內某飯店，房間也已經訂好了。渡邊正在治療癌症，只能在遠方擔任牽線的角色，久保塚會單獨來，也不會帶那個被目擊與他一起行動的女孩。

日向子最擔心的是橋本圓的安危。雖然很想盡早確認，但村井說只要見到久保塚就能直接問清楚了。現在最重要的是他得準時出現在飯店，必須萬事小心，以免他改變主意。

過了煎熬的幾天，終於來到執行任務當天的早上。這時，日向子竟收到青城傳來的電郵。兩人之前交換過聯絡方式，會接到他的電郵並不奇怪，只是完全沒想到這件事。

嘖了一身不舒服的冷汗。青城在電郵中附上了手機號碼，日向子只得打去。他似乎察覺最近被記者盯梢，問《週刊千石》是不是在懷疑他什麼？日向子拚命動腦筋，努力扮演一個什麼都不知情的菜鳥記者。

「我每天忙著處理上頭交代的任務，不知道跟青城先生有關的案件是什麼耶。不好意思，現在立刻去查。」

「盯著我的是個年輕男人喔，我走到哪都跟著，妳不認識嗎？」

「是有人來問我關於青城先生的事啦，我知道是誰，現在馬上去探聽。」

裝出戰戰兢兢的口吻這麼一說，彷彿能看見電話那頭青城輕蔑的表情，似乎都要聽見他抱怨「嘖，沒用的傢伙」了。這令日向子高興得鬆了一口氣，自己的工作也挺扭曲的嘛。

當天日向子裝成要去打探消息的樣子上街，提早三十分鐘進入飯店。能採訪到通緝犯本人是日向子的功勞，村井原本打算讓日向子也跟在旁邊。然而，對方不管怎麼說都是通緝犯，擔心有什麼萬一，在主編的判斷下，還是決定讓日向子在飯店其他地方待命。

一方面感到可惜，一方面也鬆了口氣。懷著這樣拉鋸的心情，日向子在大廳角落沙發坐下，若無其事地假裝正在等人會合。

主編、村井和攝影師州崎已經在訂好的房間裡等待了。日向子抵達幾分鐘後，山吹也出現在飯店入口附近的沙發上。朝這邊瞄了一眼，當然沒有揮手。

就在心想任務即將正式展開時，比約定時間早了十分鐘，一個戴墨鏡的年輕男人現身。身穿牛仔褲、球鞋，T恤上還套了一件棉質襯衫，頭上戴著棒球帽。揹一個小型背包，低垂的視線東張西望，找到櫃台後就逕直走上前。

日向子屏氣凝神觀望，山吹也紋風不動。

男人似乎告知了櫃台房號，只見櫃台人員微笑點頭，伸手朝電梯方向指去。這時看得出男人的猶疑，腳步顯得沉重，似乎隨時有可能停下來。踩著猶豫不決的腳步時，被走在後面的人嚇到，像是想逃跑般地往後急退。

日向子在內心祈禱，求求你上去吧。山吹一定也是。房間裡的主編、村井和州崎，以及一如往常正在努力盯梢的椿和阿久津也是。就在這一瞬間，小組成員們懷著一樣的心情祈禱。

或許有人認爲週刊內容都是假的，都是胡說八道，隨便寫寫的垃圾報導。可是，要是眞的覺得寫那種東西也沒關係，現在就不用這麼大費周章了，更不必待在這裡默默祈禱。只要撲上去抓住眼前的男人，把他用力拉上飯店房間就好。之所以不這麼做，是因爲想聽他親口說出眞心話。想鉅細靡遺地記錄他控訴的內容。並且，將那些內容印成鉛字，盡可能讓更多人看到。希望每個人都能藉此尋求眞相，看穿眞相。

一陣猶豫後，男人再次邁開腳步，像受到某種吸引般地走到電梯前。伸出手指，按了往上的按鈕。其中一部電梯開了門，他走入其中。

接下來又是一陣祈禱。祈禱男人抵達指定樓層，祈禱他確實走到房門口，祈禱他和裡面的人會合。

一分鐘、兩分鐘、三分鐘……時間緩慢流逝，每次電梯門打開，有人從裡面走出來，都會引起日向子一陣緊張。這時，山吹用力吁了一口氣，朝日向子舉起一隻手。這表示雙方順利會合，事前決定的簡單暗號已寄到山吹手機。

翻過一座山，又要再次祈禱。祈禱主編他們能好好引導久保塚說出想說的話。不過，腦中迅速浮現主編和村井反駁「才不想被妳這隻小雞仔這麼說呢」的聲音。

手上拿著筆記本和原子筆，日向子自己在飯店大廳角落噗哧一笑。

□

按照久保塚的說法，他根本不認識第一位被害人小宮山春江小姐。她在公園被人發現的前一天，久保塚本與青城約在赤坂酒吧喝酒。久保塚到了之後，卻臨時接到青城不能去的聯絡。想到自己得支付昂貴的酒錢，正在生悶氣時，一個漂亮女人上前找他搭訕。

在那個女人邀約下，兩人去了另一間酒吧。明明沒喝很多卻醉得一塌糊塗，拒絕了對方續攤第三間的邀請。不知何時失去意識，醒來時已經天亮，自己似乎在家附近空地上，倚靠著別人家的倉庫睡著了。

急忙檢查身上財物，沒有特別損失。回家再度睡著，根本不知道這一天有人死去。連新聞也沒注意到。

同一段時間，青城說有個女人對他死纏爛打，找久保塚商量此事，要久保塚趁自己出國出差時邀約女人，最好可以發展成男女關係，他便可趁機嚴詞甩掉對方。青城給了久保塚一筆把妹資金，久保塚不好意思拒絕，就去搭訕那個女人。沒想到兩人聊得開心，就這麼去了女人家。問題是，這之後的事他就不記得了。

醒過來時發現自己躺在一張床上，女人死在身邊，脖子上有被勒過的痕跡。

失魂落魄的久保塚打電話給青城。青城也很驚訝，要他先逃走再說。身爲有前科的人，久保塚確實很怕警察，也擔心自己被不分青紅皀白地當成兇手。

於是他逃離了女人家，沒想到事態卻朝意想不到的方向發展，難以置信的現實襲擊了他。

連谷岡眞紀子的案件都被視爲是他下的手，不知不覺成了通緝犯。

根據北濱組至今搜集到的情報，有目擊證人指出小宮山春江死亡前一天在赤坂的酒吧和久保塚恒太見面。久保塚也承認自己在那間店喝了酒，只是不確定是和誰一起喝。山吹採訪了作證的酒保，對方說當時店內燈光昏暗，和久保塚喝酒的女人又坐在吧檯最角落的位置，沒聽見她說話的聲音。

看了電視新聞，發現通緝犯久保塚和當天的男人很像，於是酒保通知警方，看到照片後也確定沒認錯人，順便對警方說了當天的女性和死在公園的被害人長得很像的事。當晚的酒錢由女性以信用卡支付，從信用卡紀錄查出是小宮山春江。話雖如此，拿信用卡的未必是她本人，只要經過練習，簽名也可以仿冒。

單純做個猜測，或許是喬裝成春江的今村事前得知久保塚在赤坂的酒吧，特地上前搭訕喝酒，並拿春江的信用卡付帳。只要趁機在酒裡下藥，久保塚就會醉得失去記憶。這時再將他搬到住家附近的空地，讓他睡在那裡。

同一時間，今村大概準備了某些讓自己不受懷疑的不在場證明。在他做這些事的背後，有另一個人約出春江，同樣讓她醉倒並睡在公園內。只是和穿了外套的久保塚不同，春江身上的衣物單薄，抵不住天亮前的低溫，就這樣凍死了。

第二位被害人木崎侑子死亡時，青城有明確的不在場證明。她死亡那天青城正在海外出差。但是，只要有他的幫助就能拿到她家的備鑰，屋內構造也能從青城口中得知。最重要的是，只有青城能隨心所欲地操控因女人離奇死亡而受到驚嚇的久保塚。毫不知情的久保塚，就這樣遭設計做出種種對自己不利的事。

接著，回國的青城將逃亡費用連同一支手機交給久保塚。表面上的說詞大概是用這支手機聯絡才不會被警方發現，還要久保塚將原本用的手機交給他暫時保管，說這樣比較好。久保塚當時應該已經失去判斷能力了吧，如此一來，青城高興怎麼用久保塚的手機就怎麼用。

第三個被害人是死亡前留下濃厚暗示意味照片的谷岡眞紀子。眞紀子認識今村，也知道小宮山春江是誰。春江死亡時，眞紀子對身邊的人表示那一定不是意外，絕對是有人殺了她。聽說當時她也說了一些懷疑今村的話。後來得知今村有不在場證明，眞紀子還是不相信，對整件事一直抱持疑惑。

抱著這樣的疑惑，某天碰巧看見今村一副避人耳目的樣子走在巷弄內，情急之下，眞紀子拿起相機按下快門。當時和今村碰面的是同樣遮遮掩掩，看不清楚長相的男人。眞紀子回去思考到底發生了什麼事，過幾天故意對今村說了些試探的話，可能從今村的反應得到確信了吧。她或許想利用這件事勒索取財，但又擔心事有萬一，於是將證據的照片檔案交給朋友NIKO才前往談判，就此被殺害滅口。

到這邊爲止都只是推測，只能推論青城與今村交換殺人，再將罪名推給無辜的第三者。重頭戲接下來才要開始。《週刊千石》將不會停止對眞相的追究，直到眞相攤在世人面前爲止。

也問了久保塚關於橋本圓的事。他說對她的家人感到非常抱歉。橋本圓偶然聽小宮山春江說了要和青城見面的事，基於好奇，上網搜尋青城家的地址，也去了那附近。原本只是湊個熱鬧，想知道青城住在什麼樣的地方，沒想到在那裡邂逅了久保塚。久保塚向她搭訕，兩人去咖啡店喝東西，還交換了聯絡方式。不久，春江忽然死了。

坐立不安的橋本圓趕到青城家附近，和在那裡徘徊的久保塚再度重逢。幾天後，他就陷入木崎侑子離奇死亡的窘境了。

個性直率又認眞的橋本圓聽了久保塚的話，也願意相信他的清白，鼓勵他洗刷自己的冤情。久保塚說明知不能拖累她，還是忍不住帶著她一起行動，害她捲入這件事。

在來飯店接受採訪前已經和她道別了。橋本圓從新宿車站前的咖啡店打電話回家，請母親來接她回去。久保塚躲在角落確定母女倆一起離開了，才獨自前來飯店。

「接下來，我想好好說明自己的清白。」

主編說：「這樣的話……」

「《週刊千石》會全面提供協助。」

聽說那時，久保塚含著眼淚回答：「拜託了。」聽到這裡，日向子雖然忍不住心想「眞的沒問題嗎」，還是很高興得知橋本圓已平安回家。接下來大概還會發生很多事，但社會上一定會有人睜大眼睛看。這樣的人絕對不少。對，總有一天要讓大家知道眞相。不，不是總有一天，而是愈快愈好。

□

通緝犯的獨家採訪內容，成爲本週《週刊千石》的頭條。

彩頁上也印出州崎拍的好幾張照片。送印前更臨時插入了好幾頁廣告，因爲這條新聞的關係，廣告版面幾乎都滿了。這期雜誌一定會賣得非常好。

青城和今村的部分以姓名縮寫表示，但知道的人一讀就知道是誰。他們本人當然也會知道，肯定將展開猛烈反擊。警方也不會袖手旁觀。至於《週刊眞實》，他們這下臉都綠了吧，好不容易挖到的八卦報導就這麼泡了湯。天還沒亮，網路新聞第一時間開跑，社群網站上放的都是《週刊千石》報導裡的照片。

日向子興奮得整夜未能成眠，比平常還早出門上班，到了公司卻發現門口擠滿了人。電視台的ＳＮＧ車擋住了通道。

站在路邊時，包包裡的手機震動，接起來一看，是桑原。

「你在哪？」

「我才想問妳這句話呢。我在公司，剛熬夜校完稿。本來想去買早餐，結果樓下吵鬧得不得了，警方的人正在櫃台接洽。」

「我站在看得到公司的地方喔。」

日向子手中握著剛在車站買的最新一期《週刊千石》。內心感慨萬千，看著堆成一座小山的雜誌不斷賣掉，像一匹無人能阻擋的野馬嘶鳴，朝全國各地大街小巷狂奔。

不能被競爭對手超越。從今天起，又是從早到晚不停地打探消息與盯梢埋伏。獨家報導像一顆還沒孵出的蛋，在長成漂亮公雞之前，每一天都是奮戰。

「我去一趟便利商店吧，三明治和飯糰，你要哪個？」

「兩種都要，最好買個三人份，還要優格。啊，我好像看到妳了。」

日向子抬起頭，仰望自家公司大樓。這棟建築裡有週刊雜誌、文學雜誌和時尚雜誌。桑原在幾樓呢？揮揮手，他不曉得有沒有看見。

「還要優格是嗎？好。」

舉起另一隻手，和閃閃發光的《週刊千石》一起在頭上畫一個大大的圈。

《獨家報導之卵》完

獨家報導之卵

スクープのたまご

獨家報導之卵 / 大崎梢著 ; 邱香凝譯.-- 初版. --
台北市 : 蓋亞文化，2021.09
面； 公分
譯自：スクープのたまご
ISBN 978-986-319-583-2（平裝）.——

861.57 110009215

悅讀．日本小說 18

獨家報導之卵

作　　者 大崎梢
譯　　者 邱香凝
封面插畫 Hsinyi Fu
裝幀設計 莊謹銘
編　　輯 章芳群
總 編 輯 沈育如
發 行 人 陳常智
出 版 社 蓋亞文化有限公司
地址：台北市 103 承德路二段 75 巷 35 號 1 樓
電話：02-2558-5438　傳眞：02-2558-5439
電子信箱：gaea@gaeabooks.com.tw
投稿信箱：editor@gaeabooks.com.tw
郵撥帳號 19769541　戶名：蓋亞文化有限公司
法律顧問 宇達經貿法律事務所
總 經 銷 聯合發行股份有限公司
地址：新北市新店區寶橋路二三五巷六弄六號二樓
電話：02-2917-8022　傳眞：02-2915-6275
港澳地區 一代匯集
地址：九龍旺角塘尾道 64 號龍駒企業大廈 10 樓 B&D 室
電話：+852-2783-8102　傳眞：+852-2396-0050
初版一刷 2021 年 09 月
定　　價 新台幣 350 元
Published and printed in Taiwan

ISBN／978-986-319-583-2

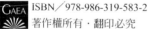